庵前街纪事

张振刚 著

北方联合出版传媒（集团）股份有限公司
春风文艺出版社
·沈阳·

图书在版编目（CIP）数据

庵前街纪事 / 张振刚著． — 沈阳：春风文艺出版社，2022.5
 ISBN 978-7-5313-6169-5

Ⅰ．①庵… Ⅱ．①张… Ⅲ．①短篇小说－小说集－中国－当代 Ⅳ．① I247.7

中国版本图书馆 CIP 数据核字（2022）第 011719 号

北方联合出版传媒（集团）股份有限公司
春风文艺出版社出版发行
http://www.chunfengwenyi.com
沈阳市和平区十一纬路 25 号　　邮编：110003
成都市兴雅致印务有限责任公司印刷

责任编辑：韩　喆	助理编辑：平青立
装帧设计：四川悟阅文化传播有限公司	插图绘制：虞自正
幅面尺寸：145mm×210mm	责任校对：陈　杰
印制统筹：刘　成	印　张：6
字　数：152 千字	印　次：2022 年 5 月第 1 次
版　次：2022 年 5 月第 1 版	书　号：ISBN 978-7-5313-6169-5
定　价：45.00 元	

版权专有　侵权必究　举报电话：024-23284391
如有质量问题，请拨打电话：024-23284384

自 序

按童明先生的说法，成集的短篇小说分为两类：一类，短篇收集，各篇自成一体，这是短篇小说集；另一类，短篇收集，各篇既相对独立，又彼此相连，形成一种特殊的长篇小说或曰短篇循环体小说，如安德森的《俄亥俄州的温斯堡镇》，海明威的《在我们的时代》，福克纳的《下山去，摩西》。

1993年初夏，木心与童明先生商定，将其创作的十六篇短篇小说编成一部长篇小说/短篇循环体小说，书名叫作《豹变》。这书名源自《易经》的革卦：大人虎变，小人革面，君子豹变。所谓"君子豹变"，意思是由丑变美，由弱变强。《豹变》的结构蕴含一种分与合的特殊关系：以碎片为分，又以碎片为合。这十六篇小说看似并不连贯，但最终在秘径上得以连贯。"一旦识得其连贯，就会觉得很是连贯。"于是，"十六个短篇便由原来单弱丑陋的个体，联结成为强大美妙的集体"。

2013年至2016年，青年女作家任晓雯创作了一组以真实人物为原型的"人物素描"。后来她选了其中二十一篇，以短篇小说集的面貌结集出版，书名叫作《浮生二十一章》。但是说实在的,《浮生》不太像传统意义上的短篇小说,以致有人质疑,问作者:《浮生》是不是非虚构写作?

作者没有正面回答,而是说:"不存在完全意义上的非虚构写作。所有言说都是主观的,是经过遴选和组织的,是被情感、记忆、自我维护的本能所洗刷的。事实一经语言说出,即被窄化和扭曲。在不同叙述人口中,在各个写作者笔下,呈现不同面目。"这话有点模棱两可,但同时作者又将作品的人物原型一一列出,说:"因为经过文学加工,为避免不必要的名誉纠纷,文中人名皆为虚构。"这是否间接地承认了文本的非虚构性?按作者的说法就是:"对历史进行微观叙述的意图,使《浮生》拥有了'非虚构写作'般的气质。"

其实文学是不在乎虚构与否的。我得老老实实承认:《庵前街纪事》的前身是一部不想公开出版的纪实文学作品,它的再创作,同样是"为避免不必要的名誉纠纷"。

是木心和任晓雯启发了我,才成就了这么一部作品,所以《庵前街纪事》可算是向木心《豹变》的致敬之作,同时也是向任晓雯《浮生》的效颦之作。不过它也有自己的创新成分,因而成就为一部自度曲式的作品:它将人物故事圈定在同一个空间(庵前街),使得作品既拥有了"非虚构写作"般的性质,又适合了循环体短篇小说/长篇小说这一艺术形式[1]。

---

[1] 意大利著名作家伊塔洛·卡尔维诺以城市小工马可瓦尔多的视角,捕捉春夏秋冬四季变化和城市的隐秘,轮回五年,组成短篇小说集《马可瓦尔多》,应视作另一类的循环体短篇小说/长篇小说。

目 录

水木集秀庵   001

庵前街住户的来历   006

庵前街 1 号   梅匏生炒货店   007

庵前街 2 号   毛阿卿嫁妆店   023

庵前街 3 号   兰瑞林小百货店   026

庵前街 4 号   梅七镇剧场·梅贵昌、梅兆春、骆丽娟住宅   030

庵前街 5 号   兰林甫伤科诊所·诸吟耕住宅   072

庵前街 6 号   汪品祥修鞋铺   086

庵前街 7 号   梅七镇完全小学   090

庵前街 8 号   凌小花住宅   101

庵前街 9 号   鞠恒昌米行   105

庵前街 10 号   梅阿福收生诊寮   108

庵前街 11 号   方慧僧文具店   115

庵前街 12 号	皮黑心水果行	119
庵前街 13 号	兰丽清粽子店	122
庵前街 14 号	王元娜烟杂店	125
庵前街 15 号	鞠占奎住宅	126
庵前街 16 号	鞠顺泰水果行	130
庵前街 17 号	竹如悃住宅	132
庵前街 18 号	许长林铁匠快口铺	140
庵前街 19 号	竹荣甫钟表修理店	143
庵前街 20 号	张建林住宅	148
庵前街 21 号	梅三巴糕团店	151
庵前街 22 号	梅贤德住宅	154
庵前街 23 号	梅非之住宅	156
庵前街 24 号	鞠老源茶馆	165
庵前街 25 号	邬记黄爵店	167
庵前街 26 号	保元堂	173
庵前街 27 号	鞠尚义住宅	178
庵前街 28 号	兰振元伤科诊所	182

水木集秀庵

水木集秀庵在梅七镇西北隅的永乐里，占地二十八亩，四周碧水环绕，被堪舆家相为风水宝地。如此宝地，竟将之修为庵堂，好似匪夷所思，其实有个缘故。

这就要说到庵的首任庵主，女尼秀岭。女尼秀岭俗姓梅，梅氏是镇上巨族，始祖曾是南宋理宗朝的吏部侍郎，元朝时依然声势显赫。梅氏人丁虽不可谓不旺，但多产男孩，少生女娇。秀岭是梅氏几代修来的一个女孩子，美丽贞静，意态娴雅，父母爱若珍宝。可此女生性孤僻，不喜红装，不施粉黛，终年穿戴淡雅，拒绝荤腥，茹素嗜读佛经。至大四年已是破瓜年纪，来提亲的差不多快踏勘了门槛，她却一口一个不嫁，打定主意一门心思要出家。恰在此时，府上来了一位故交高僧，秀岭便吵着要见这高僧。既见高僧，那高僧竟对着秀岭打一问讯，念一声：阿弥陀佛！秀岭出家的事就此敲定了下来。

父母当然不愿意秀岭离家入庵，就在皇庆中，舍了二十八亩祖居水木坞别业，斥巨资修造了这座庵院。并从天目山请来中锋禅师做教引师父，为秀岭传授佛法。后又经中锋多方物色，招收来十数名十六七岁的女尼，充实庵院。因袭旧名，这庵就叫作水木集秀庵。

水木集秀庵殿宇巍峨恢宏，僧寮严整洁净，有梅氏祖宗栽下的两棵穿天银杏，亭台水榭，花木葱茏，极水木明瑟之趣。虽是一处庵院，更如一座花园，加以美尼旖旎，吸引来各方檀越，因此历朝以来香火极盛。

水木集秀庵是个出世修行的地方，却始终充满了脉脉的人世温情。这是建庵时梅氏七世祖梅秉正定下的基调，六百年来尽管庵院几经兴废，这个基调却始终不渝。庵院花园东南角，有一处明正德年间留存的比丘尼慈云墓，可以拿来做证。慈云墓墓志铭上的字迹虽然有些模糊但完好，大体可以辨识。其铭曰：

尼俗姓项氏，南阳人也。少处官禁，长入庵宇，仪容婉妩，肌理莹洁，自顶至踵，不有玷赘。房闱妙绪，千态百端，左张右搏，俯慰仰承，骨肉匀合，无稍漏泄。床帏精丽，梅檀馥郁。四方瞻礼，欢喜踊跃。尼勇猛精婷，广救法侣。不意婴疾，遽尔萎谢！正德三年十月初九日，卒于庵，越十日，葬于庵院东南一隅。白雀寺法师慧密，痛芳容之遽远，惧坟山之湮迁，为铭玄石，以期不朽。其辞曰：发大善愿，成大善行，三界幻化，五欲分乘，宿世有缘，智者始应，依次慧业，度尽众生，元神既竭，送以戕身，容颜已渺，涕泗空沧，伐石铭记，永慰幽灵！

铭文香艳旖旎，妙绝千古，而以一僧来铭一尼，尤为奇特。即此亦可见僧尼世界并非一片枯寂，人间温情真是无处不在了。

时间飞驰，五百年之后，有一天早上，一个女孩子背着双肩包恋恋不舍地离开了水木集秀庵。这女孩后来写了一篇文章，回忆其在庵院的日子，说：

在回家的火车上想起这半年在水木集秀庵佛学院的生活，连我自己也感慨不已，我这种热爱自由从来不受拘束的人，居然在庵院待了半年！

每次有人问我上佛学院是怎样的体会，我就说，除了没削发，我过着和出家人一样的生活。

是的，这就是佛学院学生的日常——不吃荤喝酒，不谈恋爱，必须遵守所有规章制度，受戒期间禁止吃晚饭吃零食听音乐；清晨打坐，上午听课，中午出坡扫地，下午自修，晚上打坐。每周都有不同的法师开课讲经，每一科都有很多作业，每月交一份学修报告。

为什么要过这种生活？因为我也很好奇，在高强度的压力环境之下，会裂变出一个什么样的自己。我一直认为人生最重要的就是体验，所以我把自己当作实验品去体验庵院生活。

凌晨四点半起床，没想到我这种赖床多年的人，居然可以揪着自己的头发，把自己从床上拖下来，几乎是闭着眼睛刷牙洗脸，然后迷迷糊糊去禅堂打坐。

早晚各打坐一小时，没想到我这种一分钟都静不下来的人，居然也可以逼着自己坐下来，全身酸痛也要挨到最后一分钟。

无数次被远方诱惑，心又如脱缰野马，没想到我这种说走就走的人，居然可以坐下来看着焦虑不安的情绪慢慢平复。

刚进庵院时不断有人提醒我，你的衣服太露了，颜色太招摇了，你的口红太红了，吃饭的时候不要说话，走路的时候不要蹦蹦跳跳……我一点一点收敛自己，直到越来越接近一个佛学院学生该有的样子。当然了，情绪波动有时还是很强烈的。

情绪低落的时候，我就一个人跑到菜地去散步，夸奖菜园里的每一棵萝卜白菜，鼓励它们都晒太阳努力生长，或者溜出寺院买零食吃炸鸡，或者跪在观音殿前念经给菩萨听，或者在寝室里给自己化个大浓妆，提醒自己还是个充满朝气的花季少女。

这么说来好像过得很压抑，其实不是。在庵院里生活实在是一种奢侈，吃住全包，每个月还有单资，所有的事情庵院义工都为我们做好了，每天唯一的任务就是学习佛法。从与自己对抗到与自己和解，其实重要的并不是读了多少本经书，学到了多少佛法，而是在庵院里怎样过好每一天，体验当下的每一刻。

在庵院生活半年之后，一些情绪慢慢沉淀，另一些想法慢慢浮现，我想要的答案已经找到，我知道自己要做什么，于是有一天，我决定离开庵院。

去教学部递交退学申请时，我猜师父也许会问我，为什么要走？这么好的环境你都待不住了？于是我主动交代说，师父，集秀的生活太安逸了，我得出去吃点苦。没想到师父居然说，你还年轻，出去闯一闯也挺好的，说不定会比在庵院成长更快。

师父问："你还回来吗？"

我想了想说："还回来，但不确定什么时候回来。"

师父说："那你不要办退学，办休学吧，我们给你保留学籍，这样，你回来还可以免试入学。集秀就是你的家，出去玩够了再回来。在外面照顾好自己，注意安全。"

今天早上最后一次坐在五观堂吃早斋，供养词唱起来的那一刻，我居然差点要落泪，直到走的时候才发现，原来我会如此不舍水木集秀庵。

如此说来，庵院怎么会只是个出世修行的地方？连庵院都如此，更何况近在咫尺的庵前街上碌碌的红尘世界呢？

这本小书记录下的，都是些俗人俗事俗情俗虑。唯其人俗、事俗、情俗、虑俗，才是这世界生生不息的常态。唯其常态，才是永恒。

庵前街纪事
AN QIAN JIE
JI SHI

庵前街住户的来历

　　庵前街是梅七镇的一条重要街道。我不说主要街道，而说重要街道。说它不是主要街道，是因为它一不是中心街道，二不是商业街道，更不是商业中心街道，而是一条较为偏僻冷清的街道。说它是重要街道，是因为：一、它是梅七镇发祥的街道，南宋淳祐五年（1245），梅氏始祖就最先在这里定居的；二、水木集秀庵是江南闻名的庵院，它的首任教引法师中锋禅师，是传承唐武宗会昌年间的无著文喜禅师一派的高僧，而文喜就是本处嘉禾语溪人。所以庵院的文化含量不容小觑。

　　梅七镇是因我梅氏七贤得名的。元至元以后，镇上主要的姓氏有四，即梅、兰、竹、鞠。梅氏，前面说过，是镇的开镇氏族；兰氏不知何时来镇的，据兰氏后裔说，他们一支最早可追溯到唐代应天府尹兰以权；竹氏本姓姜，是孤竹君伯夷、叔齐的子孙，梅七镇一支据说是唐开元宜州刺史竹承够的后裔；鞠氏的远祖是宋殿中侍御史鞠咏。梅兰竹鞠（菊）是四君子，以此可见，这镇自古就是文明的渊薮。因梅、兰、竹、鞠四姓，是庵前街上的主要姓氏，所以，庵前街也可以说是浓缩了的梅七镇。

庵前街
1号

梅匏生炒货店

梅匏生

梅匏生家的日子过得很艰难，但他们家的人从不唉声叹气，虽然终年辛劳，却对生活充满信心。别人家隔三岔五便要传出一些相骂之声，可梅家总是和和气气，甚至家庭成员之间很少红过脸。全家大小十来口人，之所以能有这么好的家庭氛围，主要因为有老大梅匏生掌持家政。梅匏生既是炒货店的店主，也是一家之主；他是梅家的主心骨，是梅家的魂。那时他正当盛年，体魄极是健壮，却有一个缺憾，是个瘸子，梅七镇人叫跷脚，所以人都叫他梅跷，据说是他年轻时生了一场吊脚肠痛，也就是盲肠炎，落下的残疾。跷脚按跷的样子分为两种：一种叫苦跷，苦跷走起路来身子朝前倾，一颠一倾，老像在给人作揖，一副苦相；一种叫乐跷，乐跷走起路来往后仰，一颠一仰，好像有人在跟前请安，快快乐乐。梅跷是乐跷，他的性格跟他的跷一致，乐观开朗，做什么事都成竹在胸。他非常勤劳，家里的大小事务总揽，几乎没见他有空闲的时候。

庵前街纪事
AN QIAN JIE
JI SHI

梅家的谋生手段很多，当然主要是销售炒长生果。当街立一个很高很大的长方形木柜，柜上放两个大竹匾，竹匾里砖墙似的码着长生果草纸包。一个匾里码的是三分钱一包的，一个匾里码的是五分钱一包的；靠墙的一头还码了一摞礼品装的特大长生果包，包面加衬了一张菱形的红纸。

一般白天炒货，晚上包装。吃开夜饭之后，一家子，包括伙计，团团围坐在一杆盘秤边，开始工作。一人掌秤，四五个人包。别小看包长生果这活儿，有一定的技术含量。包长生果用的是一种淡黄色的细草纸，再用同样淡黄色的艾丝草来捆扎，要包成一头大一头略小的长方体，四个角要挺，是很不容易的。艾丝草韧性足，不容易断，十字包扎后留出一寸半长短的头，将纸包一旋转，两根草头便绞成一股，然后弯过来一塞，变成一个鸟嘴形状叫"柴姑姑"的结，非常漂亮。说包长生果是个技术活儿，除了包得好繁难，还要样子"挺"，即所谓"登样"。要登样还有一层繁难，是小包分量少，才老秤四两（合二两半），包得紧了，给人的感觉太少；包得松了，像跌散铺盖一样没卖相。

掌秤的活儿，一般是梅匏生。他掌秤一是准，即抓一把分量不多不少，正好；二是快，要四五个包工才跟得上他称的速度。一般一大栲栳炒长生果，一个黄昏可以包完。

炒货店是梅家的祖业，但到梅匏生手里，单靠这一宗生意已不能维持一家十几口人的生计了。炒长生果毕竟只是零食，可吃可不吃，也有一定的季节性，一般秋冬季吃的人多，其他时候就是淡季。所以梅家除经营炒货业外，还经营另外几宗生意，当然都是小生意：鸡蛋糕、梅花糕、粽子豆浆、线粉和豆腐花。

鸡蛋糕又名胡蜂窠，有的地方叫海棠糕。做鸡蛋糕比起包长生果，技术含量更高些，梅匏生干起来可说得心应手。

冬天的时候，他家的鸡蛋糕房开张了。梅家的鸡蛋糕房开在哪里呢？这要说到梅家住房的结构了。梅家的住房结构实在是很奇特的，说不出是什么形状，勉强说起来是长方形加三角形。长方形是东西两间带阁楼的平屋，面向庵前街，即庵前街1号；三角形紧贴长方形东墙，隔成南北两间，南间一个小三角形做房间，北间是近似长方形的地板间，面朝众安桥街，是众安桥街1号，梅家的鸡蛋糕房就开在这地板间里。

梅家的鸡蛋糕在梅七镇是很有名的，镇上四沿八路的人都来买。做鸡蛋糕有一副铁板模子，模子是圆形的，大圆上有十个小圆窝，还有一块铁平板，大小和模子一样，是盖板。鸡蛋糕的原料是面粉和鸡蛋，将面粉加入鸡蛋调成糊状，放在一个礅子形状的紫铜锅里，先在一个个模印里用布抹子抹上菜油，接着用一长柄铜勺将糊填入模子，再用一把扦脚刀一样的刮刀，将豆沙、生猪油粒添进糊里，用刀一翻搅，把豆沙、猪油包住，再在上面加上红瓜绿瓜和白糖，之后压上盖板，放到炉火上烘烤。出炉的时候，将模子翻个身盖板在下，揭起模子，十个鸡蛋糕便脱在盖板上，再用一块花铅皮板盖到盖板上就势一翻，鸡蛋糕转移到铅板上，个个糕面向上，金黄色的鸡蛋糕便散发出诱人的香气。把铅板上的鸡蛋糕泻入木盘，就可以出售了。

刚出炉的鸡蛋糕又松又软，金黄的表皮很有嚼劲，馅又甜又肥，十分可口。所以梅家的鸡蛋糕生意非常红火。

梅花糕是鸡蛋糕的变形，只不过模子做成梅花形。当然差别还是有的，就是梅花糕更加松软，糕面不烤成金黄色，比起鸡蛋糕来它更娇小、柔和，更受妇女和儿童喜爱。

春夏的时候，梅家也卖粽子，赶的是端午节气。冬天的时候匏生还卖猪头膏。猪头红烧煮烂后拆去骨头，隔夜盛在一个绿缸里，第二天便冻凝成膏状，将膏扑在一个浅瓷盘里就好切卖了。卖猪头膏也在蛋糕房的门面，当然和卖鸡蛋糕时间错开，卖鸡蛋糕在早上，卖猪头膏则在中午和傍晚。切卖猪头膏用干荷叶来包，顾客买回家去吃的时候，就有了荷叶的清香。

拖着一条病腿成年累月地忙，匏生从不喊累，而且乐乐呵呵的，有时还哼几句小曲。这是什么原因呢？

匏生是个鳏夫。他那时四十不到，体魄又很健壮，妻子去世多年，一直没有续弦，也没有相好。他晚上去同福园听书，这好像是他唯一的休闲方式，其实不是或不全是。这一方面可能由于经济方面的原因，但街坊们更相信是另一方面的因素，这从一些蛛丝马迹可以推测到。直到多年之后，包括当事人在内已不再讳言，而事实也摆在了大家面前。

梅瓟生

梅家的线粉汤，在梅七镇上可说有口皆碑，好吃。而经营者是梅瓟生。瓟生是匏生的二弟，人长得肥壮（不是肥胖），头发、胡子黑里带着焦黄，而且卷曲，配上猫一样的眼睛，那样子很像古时的西域人。他不怕冷，却怕热，因此，差不多一年到头袒胸露肚。他的肚子很大，一对乳房像女人一样挂下来，整个人就像一座铁塔。也亏他有这样的身胚，不然，怎么能挑起一百好几十斤重的线粉挑子呢？因此他得了一个外号，叫"烧坍"。什么意思呢？就是烧烟了的猪头。瓟生为人十分乐观，一天到晚乐呵呵的。

爬生不用操心家计，家计自有哥哥匏生掌管，他只管线粉挑子。那挑子一头是锅灶、调料、冷菜盘子，另一头是碗盏和水桶。锅是一口特制的紫铜锅，很大，按四比一的比例隔成一大一小两个半锅，那样子就像缩小的杭州里外西湖，大的文火煮线粉，小的盛老汤。调料有味精、胡椒粉、鲜酱油、辣酱、辣油、麻油，还有切碎的蒜叶、捣烂的蒜泥。冷菜有白鸡、爆鱼、猪肚、猪肺和猪心。一根长长的檀木扁担压在爬生肩上，两头弯弯，发出轻微的咯吱声，给人一种力的美感。一般他挑着挑子走不上一段路，就有人招呼了。他就将挑子歇在路边，开始做生意。有时候没人招呼他也会歇下，歇下不多一会儿就会有主顾了，或是住家，或是商号喊买线粉汤。

来吃线粉汤的贫富不等，最便宜的是阳春线粉，就比方光面叫阳春面，清水线粉就叫阳春线粉，调料只是酱油、味精和蒜叶；稍贵一点的加猪肺或猪心，上去是猪肚，最贵就是白鸡和爆鱼了。爬生有一把银白的剪刀，刀口雪亮，顾客点了冷菜，无论猪肺猪肚，还是白鸡爆鱼，他都将之剪成细细的糜子，盖在线粉上面，撒一撮蒜叶，加上调料，一时香气扑鼻，未上口先就吊起了胃口。

爬生每天出挑子三次。第一次是上午九点光景，一般十点左右就收挑了。这个时段早饭已过，中饭未到，正是吃小食的时候。第二次是下午三点出挑，四点多一点收挑。同样也是小食时候，加上戏院、书场散场，生意格外的好一些。

第三次是晚上，晚上出挑的时间最长。一般他吃过晚饭就出挑了，直到深夜十来点钟才收挑。为什么呢？因为他要守住一头一尾两宗生意。晚饭之后，正是人们去书场、上戏院的时

庵前街纪事 AN QIAN JIE JI SHI

候,虽还在肚饱,也会有人来一碗线粉,算是艺术享受前先来一点美食享受;尤其带小孩的,孩子受到线粉桃子香味的诱惑,走不动了,做父母的心一软,就会陪孩子来一碗。那一尾呢,就是书场和戏院散场了。书场还好,一般九点左右散场;戏院散戏,往往在深夜,卖小吃的都等着,因为这时候的生意最好。尤其在冬天,听书看戏散场出来,吃一碗热腾腾爆鱼线粉汤,既点了饥解了馋,又取了暖,梅七镇人说好比在身体里种了个火炉,回家睡觉暖烘烘六脉调和,头一着枕就睡着了。但是卖线粉的往往要挨着冻,睡觉也要比吃线粉的晚好多。

别看一个小小的线粉挑子,食材的用量却不小。所以备料、制作的工作也很繁重。比方说一个猪肺的清洗,就很不容易,必须反复地灌水换水。为了彻底洗掉所有毛细血管里的血水,还必须不断地吹气。用嘴衔住气管吹,吹到整个猪肺鼓起来,然后掐住气管口子用手拍打肺叶,再把灌进去的水倒出来,然后再灌再吹再拍,反反复复好几遍,直到整个肺叶清清白白为止。再比方说烧制爆鱼,单是收拾活鱼就很见功夫。梅家的爆鱼为什么好吃呢?除了烧制功夫到家,用的鱼也很讲究。他们用的都是十几斤的大草鱼。有一次我亲眼看见飑生杀鱼,那是一条差不多有蜡烛包婴儿那么大的一条鱼。他们家进门的地方,铺有半张八仙桌面大的一块石板。这石板青不青紫不紫,纹理细密,飑生就在这石板上宰杀草鱼。先将鱼用力甩到石板上,因为飑生力气大往往甩一两次,就能将鱼甩晕甩昏。然后一手摁住鱼身,一手用一把大厨刀的刀背用力敲击鱼的脑袋,直到鱼不动了,这才开始剖杀。

这些都是力气活儿,飑生干起来既轻松又得心应手。他一边干活儿,还一边跟在一边观看的我们这些小孩说笑话。我们

--- 012 ---

都很敬佩他，喜欢他，他实在不像一个一本正经的大人。

除了卖线粉汤，有时候还卖豆浆和豆腐花。煮熟的豆浆装在两个木桶里，有时候早上我去他们家，就看见木桶里的豆浆冒着淡淡的蒸汽，不一会儿豆浆表面就起了一层皮，这就是豆腐衣。这时候，飚生的次子果果，便撮起两个手指，将这层豆腐衣揭起，蘸上酱油美美地吃了起来。据说豆腐衣是豆浆的精华，难怪果果小时候长得那么壮实。

豆腐花由生豆浆点浆而成。飚生点出来的豆腐花嫩嫩的，加上酱油、麻油、葱花和紫菜，可说入口而化，非常好吃。

飚生是他们梅家弟兄里唯一有妻房的。他的妻子说不上很美，但条梗好，也很能生育，那时候他已有三个儿子两个女儿。他有时候要外出采购食材，一去好些日子。我现在回想起来恐怕主要是采购花生和线粉。他们家的花生是从山东进的货。有一年秋天，一天午后，我正好在他家与果果玩，飚生风尘仆仆从外地回来，一进家门，只听东边房里传来婴儿嘤嘤的哭声，一脸惊喜地说："生了？"

飚生是个体魄健壮、乐观开朗、幽默有情趣的汉子。谁也想不到的是，不久之后他竟得了肺痨。肺结核在那时是一种很难治愈的疾病，梅七镇有句俗语叫：弱病上床，鞋子换糖。弱病即肺痨。当时飚生正在盛年，得病之后没多少时日，身体就垮了。半年下来，一向被称作"烧坍"的厚实身胚，已变成一阵风就能吹倒的一副骨架。但他仍很乐观，瘦削的脸上依然漾着淡淡的笑，只是眼珠变成了深棕色，卷曲的须发更加焦黄。他不愿成天躺在床上，白天在堂屋的东墙下安一张藤躺椅，躺椅上垫了厚厚的被褥，他就盘腿坐在上面，像一尊佛。面前放一张春凳，春凳上一把扁扁的宜兴紫砂茶壶，一小碟咸晶枣或山楂片。他落寞地坐着，不时拿起茶壶嘴对嘴喝上一口，捡起一粒咸晶枣放入口中，望着家人在他跟前出出进进地忙碌。

不知从什么时候，他开始用玩扑克牌来苦度光阴了。一个人打扑克缺少意趣，所以他就请求孩子们加入。在这些小孩子里有他的儿子，也有我。肺痨是传染的，但大人们因为一份情义不好意思来阻拦；孩子们则是浑然不觉。几个人打扑克自然要有彩头。我们的彩头当然不是钱，是洋片。所谓洋片，是一种火柴盒大小的小画片。洋片有两种：一种是文具店出售的，印制在小报大小的一张硬纸上，买回来后用剪刀一张一张剪下来，有好几十张呢。这种洋片一般都像连环画，是成套的故事，有"三国""水浒""封神榜"等。另一种洋片是从整条精装的美丽牌香烟盒里拆出来的。每条烟里只附一张，一般十二条烟能凑成一套，有"昭君和番""吕布与貂蝉"，也有"四大美女"，等等。这种洋片与店家卖的不可同日而语，用高档道林硬纸精印，画都是名家的工笔，这么方寸之地，都能清楚地看清画上的题词，色彩鲜艳且镶有金边，非常精致、珍贵。在玩扑克的游戏中，这种洋片，一张可换店家卖的一二十张。

飚生的牌风很好，他常常让着我们，因此，美丽的小洋片会流到我们手里。但是不出三天，这些洋片又会流回到飚生那里。现在想来，飚生只是让我们把玩几天，其实他自己也是很喜欢这些洋片的。玩牌的间歇，飚生会捧着紫砂壶，一边喝茶，一边跟我们讲洋片上的故事。通过与小孩子玩牌，飚生稀释了病痛带给他的痛苦，排遣了寂寞，也打发了时间。

飚生是什么时候终止生命的，我记忆里却没有一点印象。总之，后来他家堂屋的东墙下那张躺椅不见了，飚生也不见了，那张漆色斑驳的春凳靠在了墙边，春凳上堆满了乱七八糟的杂物。人在这浊世上辛辛苦苦走了一遭，之后就这样在某一天消失了。

梅莒生

芋头，官名叫梅莒生，他是老三。梅氏炒货店除了门庄生意，还有专人出门沿街叫卖。沿街叫卖的工作并非由雇工担任，而是由芋头承当。芋头因为是痴子，所以他在家里的待遇连雇工都不如。我小时候常常替他不平，但梅家人习惯了，有时甚至还要加以拳脚。

芋头其实长得很魁梧，只是长年破衣烂衫肮脏不堪，嘴角还不住地流着口水。他的口水特别黏稠，像丝线一样挂下来。梅家人怕他惹事，就用一根很粗的铁链将他的两个手锁住，只有晚上睡觉时才将锁链开去。

芋头是花痴。说是有一次在集秀庵里看戏时，捏了一个美貌女尼的大腿，叫人打了一顿，从此就疯掉了。

花痴和一般精神病患者不同，他不完全丧失理智；他更像一棵局部僵枯的树木，一半枯死了，另一半却枝繁叶茂，郁郁葱葱。花痴一般能生活自理，还能干一些简单的活儿，只有春天的时候才集中犯病，做出疯狂的举动。

新桥河南岸的谢家是大户人家。这家的一位小姐也是花痴。这花痴小姐美艳惊人，镇上的一些青皮说，不知是美惩罚她成了痴，还是痴滋养了她的美，好好一朵花，痴成了满身的刺，看得见够不着，真真可惜了呀。有一年早春，一场大雪过后的第二天清晨，天刚蒙蒙亮，忽然谢家墙门里悄没生息地走出来一个妙龄女子。这么冷的天,她居然穿一件湖蓝底深绿牡丹花的短袖旗袍,旗袍的开衩很高,走动时露出肉色的长筒丝袜和一段丰腴的大腿,脚上是黑缎彩绣花鞋。她的出现,使得一路的景致都凝固了。路人退到了路边,商铺停止了买卖,堆雪人的小孩不再闹腾,大家的目光都一齐朝向了这个精神失常的美丽女子,好像她是皇家的公主。

这一切,那女子一概不见,她只是低着头,一路喃喃讷讷不知说些什么,上新桥又下新桥,沿着庵前街一路西行。当走到我家门前时,我才看清,她那一张粉脸真的灿若桃花,也不知是抹了胭脂,还是叫天气给冻的,而胳臂已经冻成嫣红色了。

她一如既往,旁若无人,嘴里絮絮叨叨,踏着粉雪朝前走去。后来据远远跟着她的人回来报告,说这女子一路不停,上庙桥,转杏林街,经雷家潭回到了谢家。一进墙门不见了倩影,好像鱼浮出水面又潜入了水底。

谢家是大户,这位疯了的姑娘想来有人伺候。梅家的芋头显然没有这种福气。芋头得干活儿。芋头的工作有二:一是炒长生果。梅家后面的厨房边上有个披屋,披屋砌了个矮矮的土灶,土灶上半斜着坐了口很大很大的铁锅,铁锅里盛有半锅的粗砂,铁锅上头的一根房梁上挂下来一根铁链,铁链上拴一柄很大很大的铁铲。这就是炒煮长生果的工场了。芋头当然掌握不了火候,火候自有匏生掌握。他只是举着锅铲一铲一铲地翻炒,就像一头被蒙住眼车水的老牛。芋头的另一个工作就是上街叫卖长生果。小栲栳里装了大半栲栳的长生果草纸包,栲栳扛在肩上,踩着破烂的鞋皮,一身零碎,流着晶亮的口水沿街走去,就会有人将他喊住,付钱,取长生果包。钱就扔在栲栳里,芋头也不数,待回家家人一数,一分不差。

芋头会唱京戏,而且唱的是青衣,嗓音真的不错,很有韵味。有时叫卖路上,他突然就亮起嗓门儿唱了起来,先是一声叫板"苦哇——"接着便咿咿呀呀地唱道:

耳边厢又听得初更鼓响,
思想起当年事好不悲伤……

我没有见过芋头偷吃花生,似乎不许,也似乎不爱。我只见过他吃饭。他吃饭当然不会上桌,捧一个特别大的粗瓷海碗,盛上满满一碗,菜就盖在饭上,坐在街沿石上吃。一天早上,我们看见他端了一海碗白粥,坐在他家斜对面的新桥堍石级上喝粥。这时,兰瑞林家的小儿子锦荣,拿了个小纸包笑眯眯地走了过来。他绕到芋头身后,将纸包打开,像撒胡椒粉一样,将纸包里黄色的粉末抖落到芋头的碗里。我们一看,原来是碾碎的红砖粉。锦荣的娘定宝是匏生弟兄的姐姐,论辈分,锦荣应该叫芋头舅舅。

芋头没有理会锦荣,也没有理会锦荣撒在碗里的红砖粉,他依然一口一口将一碗粥全部喝光,还把碗舔得干干净净。

有一段日子我曾经很痴迷芋头的眼睛。芋头的眼睛很黑,眼白如婴孩眼白一样呈半透明的淡蓝色,但是眼神很迷茫,好像从未正眼看过一个人、一样东西。不知是什么原因,有时这双眼会突然明亮起来,发出灼灼的光芒。不过仔细观察,那眼底依然空洞,好像一副物我两忘的意思,让人觉得眼里似乎藏着某种玄机。这和谢家小姐不同,谢小姐的两眼虽然同样明亮,但是纯粹,有一种女性的妩媚和妖艳。

我不知道疯人世界是一个什么样的世界,也许那个世界会更加单纯吧。谢小姐心中惦记的是她心仪的男人；芋头意识里大概一直晃着那一条丰满的女尼大腿。应当说他俩都没错；现在想来，不可思议的倒是我，一个八九岁的孩子居然会有这样的念头，实在太奇怪了。

很多年后莒生也去世了，不知是痴死的呢，还是糟死的，被草草埋在了镇北庄泾梅氏的祖茔里。

阿鹃

中国家庭历来讲男主外女主内，梅匏生家也不例外。梅家的女主人名叫阿鹃，她是觝生的妻子，也是梅家唯一的成年女性。阿鹃有美人的胚子，身量颀长近乎苗条，但算不上很美，嘴相不好，口近方形，板牙，不白，还有一点点龅。她心态很好，似乎揣摩透了凡尘俗世，任何时候遇到任何事情都不急不躁，散散漫漫。其实一大堆家务够她忙的，全家十来口人的饭食，浆洗缝补，冬翻棉衣春做夹夏做单，鞋子袜子，哪一件不要操心？她却是从从容容，而且从容过了头，所以，孩子们总是破衣烂衫，鞋一耷拉袜一耷拉的，阿鹃也不怕别人说闲话。她很温顺，好像一杯温伞水①。这杯温伞水就这么温暖着包括雇工在内的一家人。沈从文说："每个活人都像是有一个生命，生命是什么，居多人是不曾想起的，就是'生活'，也不常想起。我说的是离开自己生活来检查自己生活这样的事情，活人就很少那么做。因为这么做不是一个哲人，便是一个傻

---

① 温伞水：指温吞水，不太热的水。

子。"这段话的第一句似乎欠通,也有点玄乎,什么叫"活人都像是有一个生命"?其实这是说,人活着并不时时想到自己生命的存在,就好比坐船,船载着人走好像不走一样,用现在的话说,就是集体无意识吧。这"正见出自然的巧妙与庄严"了。要是人都时时刻刻想到自己生命的存在,是没法子度过这漫漫百年光阴的。阿鹃就是这样无意于自己生命的存在,而有滋有味地生活着。

我记得有一年春天,一天早上,她带了她的二儿子果果和我,一同去她娘家。现在已不知道她回娘家为了什么事,又为什么也会带上我。总之,我跟他们母子一起去了。

她娘家在集秀庵后,由庵前街往西,过香船湾折向北,经蜡作街,沿龙湾又折向东,再走一里地,来到集秀庵后。庵后有一条小河,镇上破除迷信,小河泥岸上堆满了从各处庙宇里清除出来的菩萨。彩绘的泥塑木雕,尸体一样层层叠叠堆在那里,叫人见了害怕。阿鹃路过,两手合十说:"阿弥陀佛,罪过罪过!"

沿小河往东不过百十来步,有一所很大的平屋。那屋一半是瓦顶,一半是稻草顶。屋前,临河有一个车水的草棚,那天我们到时老牛正在车水,发出"咿咿呀呀"的声音。阿鹃进屋去了,我和果果就去观看老牛车水。

草棚里有一架很大的水车。水车由车盘、车轴和车槽构成。当牛绕着车盘走动时,车轴转动了,车轴上安装的齿轮就带动了车槽里的车链,车链滚动,链上那上百块车辐板便将河水一兜一兜地送上来,沿车槽将水吐到水沟里,水就顺沟流进渠里,再由渠流进田里。整个一个车水系统,简直像一个放大的钟表,看得我们异常兴奋。而最让我们赞叹的是那头老牛。

那是一头非常健壮的公牛。牛的眼睛叫一副铅皮制的眼罩罩住,它不紧不慢绕着车盘一圈一圈地走,很吃苦耐劳的样子。我们尤其注意到,在牛绕着水车走的路上横着的那根很粗的车轴,牛是叫眼罩罩着的,担心它会不会成为障碍而将牛绊倒,但是没有。我们观察了好久,当牛经过车轴时,它一抬腿就过去了。后来我才知道,牛不戴上眼罩是不耐烦绕着圈走路的,就像驴不戴上眼罩不耐烦拉磨,不禁想到人类真是残酷;从牛车水不会踩上车轴,又感佩牛这种辛苦动物还这么智慧。令人伤心的智慧。

阿鹃性格好,她活到九十好多岁。

梅家的"客卿"姜和礼、羊光叉和阿定

梅家从事多宗生意,饶是这么辛苦,还是不够一大家子吃。有一年夏天,他们在自家门口的白场上搭了个帐篷,摆放了许多无锡泥塑,俗称"泥菩萨",招徕人们来套圈。

无锡泥塑是一门地方性传统手艺,至少有两三百年的历史了。《红楼梦》第六十七回就写到薛蟠外出经商,从苏州带回来"一出一出的泥人儿的戏,用青纱罩的匣子装着;又有在虎丘山上泥捏的薛蟠的小像,与薛蟠毫无相差"。这说的就是无锡泥塑。

设摊套售无锡泥塑,在梅七镇,以往都是外来客商的营生,梅家怎么会想到去做这个呢?这就要说到一个人了。这人名叫和礼。和礼姓姜,江苏无锡人。多年前姜和礼和一个名叫老根泉的人摇了一只蒲鞋船从无锡来梅七镇谋生,船就停靠在

新桥河边的梅家埠头。他们以挑担卖线粉、豆腐花为生，平时在庵前街边做生意，每年的阴历三月二十八，就去集秀庵赶庙会。因为同样是做小生意糊口，船又落脚在梅家门口，还都嗜赌，经常在牌桌上碰面，久而久之就跟梅家兄弟混熟了。姜和礼颇有江湖义气，后来梅家邀他上岸，他就住在了正屋东间的阁楼上，之后不再回无锡，就像是梅家人一样了。

姜和礼有一张阴沉的紫皮脸，成天沉默寡言，至今我都回忆不起他说话的口音。

且说那一年夏天，有一天下半昼，太阳偏西的时候，和礼在白场上搭帐篷。搭帐篷先要立四个柱，和礼就用一根尖脚的粗木在泥地上砸坑。有闲人在一旁多口，说这多费力，何不用翻子挖个坑？和礼不理，先在地上夯出一个浅窝，再在浅窝里填些河里捞上来的蕴草，继续捧起粗木夯砸浅窝，砸一会儿再填蕴草，填了蕴草再砸，就这样，窝越砸越深变成了坑。等到坑大约有一尺来深的时候，一根柱就稳稳当当地立上了。到这时，站在一旁闲看的人才"哦"了一声，说原来是这么个道理呀。和礼也不说什么。

天快黑的时候，梅家帐篷里的一盏汽油灯亮起来，泥塑套圈的生意开张了。

梅家的泥塑是姜和礼专程回一趟无锡老家采购来的。大大小小的各类泥塑，色彩鲜艳，争相辉耀，有动物类的狮、象、虎、豹、狼、鸡、犬、兔、雀、蛙；有人物类的，《三国》刘、关、张；《水浒》林冲、时迁、鲁智深；《西游记》里的人物是有情节的，唐僧骑着白马，悟空提着金箍棒，八戒扛着钉耙，沙僧拿着禅杖，师徒一路去西天取经。最吸引人眼球的是两尊特别大的如来佛像和观世音像，大到和吃奶的小孩不相上下。

泥塑摊吸引了不少人，尤其是孩子们，闹嚷嚷的，把一个帐篷都要掀翻了。

许多年后姜和礼不见了，也不知是回老家无锡了，还是……

梅家的帮工除了姜和礼，还有羊光叉和老太婆阿定。羊光叉瘦长，灰脸，整个形象像从前戏里画里的无常木瘪鬼。他是苏北人，卖鸡蛋糕为生，也是梅家收罗的"客卿"。现在想来，梅家派生的几项营生很可能都是"客卿"们传授的技艺。这么说起来，匏生弟兄还真有点及时雨宋江的风范呢。

羊光叉像姜和礼一样，也住在梅家，后来搬到隔壁毛阿卿嫁妆店去住。搬去之后，他挑起了乡担，也就是货郎担。他会推草鞋和自制香烟。他下乡穿的草鞋就是他自己推的。他有一只条装香烟盒大小的铁皮盒子，那是自制香烟的工具。我见过他制作香烟，先将铁皮盒子固定在长凳上，人骑坐在长凳的一头，将香烟纸（真正的香烟纸）铺在盒子的躺斗里，均匀地撒上烟丝，再将躺斗下面横穿盒子的摇柄一转，一根卷好的香烟就从盒子前端的缝隙里吐了出来。羊光叉后来也不见了，去向不明。

老太婆阿定是个男人。我们只知道他叫阿定，不知道他姓什么。名字前冠上"老太婆"三字，是因为他年纪轻轻就瘪了嘴，并且不长胡子，是个老公嘴儿。阿定是本镇南埭上人，那时二十上下年纪，是梅家正式雇佣的，他的主要工作是端糕盘沿街叫卖鸡蛋糕。阿定这人没一丁点脾气，有点像贾桂，一副生就的底下人样子。梅家除了管饱一日三餐，好像不怎么给钱。据说他本来是东街吴万兴糕团店的伙计，不知什么时候什么原因到了梅家。梅家后来破产，举家迁居东乡草鞋桥，阿定就离开了梅家。总之，他后来倒是成了国营饮服商店的职工，基本生活有了保障，当然他干的活儿依然是端糕盘沿街叫卖。

庵前街 2 号

毛阿卿嫁妆店

毛阿卿

毛阿卿在楼上拉长了调子喊人。他声音厚实、洪亮,根本不像久病的人,但是舌音不清,除了他老妻,谁也听不清他喊些什么。只要他一喊,一个干瘦的穿阴丹士林布大襟衣裳的老婆子便连连说:"来了来了!"立刻放下手里正忙的活儿,匆匆爬上楼去。

到了楼上。老婆子说:"哇啦哇啦喊点啥?"

毛阿卿坐在床沿上,满脸通红,说:"我想吃枣团。吴万兴端糕盘的聋子怕是快要来了,喊住他,当心错过。"

老婆子说:"晓得了,晓得了。也值得这么穷喊,真是!我还以为从床上翻下来呢。"

这样的情景,在嫁妆店里是天天要上演的,我们见惯了。

毛阿卿也不知得的什么病,长年累月就这么瘫坐在床上,我从未见他下过楼。有时候大约想松松筋骨吧,一不小心便会扑通一声跌下床去。跌倒楼板上之后,他就会大喊大叫。

老婆子絮絮叨叨地下楼去，继续她的活儿，或洗衣，或择菜。不一会儿，吴万兴糕团店端糕盘的声子果然就来了。"枣团，百——热！"声子有一条油光光的好嗓子，老婆子听见了，就赶到门外，一边喊住声子，一边朝楼上喊："把篮子放下来！"

不一会儿楼窗口出现一只小小的四角篮，篮环上系着一根布绳。布绳慢慢伸长，到离地三尺时停住，就可以看见篮子里放着一只红花碗。声子将两个枣团放到碗里，布绳慢慢收上去，最终四角篮升到楼窗口，便见一只没有血色的手将四角篮提了进去。

毛阿卿这人似乎有点神秘。一个偶然的机会，我曾上楼去过。楼上跟底层一样两开间，筒楼，很大，只有靠窗处孤吊吊安一张雕花大床，整个楼给人一种荒凉寥落的感觉。毛阿卿头发胡子很长，据说他两三个月才请理发师来为他服务一次。他神情呆迟，成天鼓着脸，一副落寞的样子。脸色暗紫泛青，有点浮肿，让人感到害怕。

毛阿卿是匏生、瓞生、苢生他们的表兄。他开的这家嫁妆店，不仅仅卖嫁妆，也兼油漆家具。毛阿卿生病之后，生意一落千丈。两开间的店面，一间不卸店板，里面堆满了卖不出去的床、梳妆台、箱子箱垫、桌椅、板凳、脚桶、马桶；一间卸店板，是店堂兼起居室，靠边放一张老式三屉桌，桌子的四围，干住的油漆一层罩一层，显然这原是一张油漆的工作台子。

我从未见过有人在这张工作台上油漆过东西，也从未见过有谁上门来买过家具。他们没有子女，也不知这老两口靠什么生活。老婆子是新塍人，干瘪瘦小，一张嘴老是翕着，下嘴唇还不停地微微努动。她对人非常和气，哪怕对小孩也很客气。

楼上又在呼喊了，老婆子放下手里的活儿匆匆上楼，又匆匆下楼，走到门外东张西望了一阵，抬起头对楼上说："没有哇！"话音刚落，众安桥方向就传来了叫卖声："卖热老菱啊，刚刚出镬的热老菱！"

老婆子干瘪的脸上开出花来，她又对楼上说："放下篮子来。"说着话，臂弯里挽着红漆木桶的卖菱女人已来到跟前。

到我上中学的时候，有一天嫁妆店没有开门，第二天也没开，第三天也是。从此不再听见毛阿卿在楼上喊叫，老婆子也不见了踪影。一辈人就这样过去了。

庵前街
3号

兰瑞林小百货店

兰瑞林和他的妻子梅定宝

兰瑞林小百货店,店主就是兰瑞林。这个兰瑞林是个屠头,北方人叫薦巴,梅七镇人叫寿头码子,简称寿头。兰瑞林大约四十来岁年纪,脸色苍白,额头鼻根处一根血管是蓝色的,使人觉得他血管里流着的血是冷的。他从不与人有人事上的往来,除了与顾客做买卖,几乎不跟人接触。他就成天守住这小店,没有任何兴趣爱好。印象深的是有人来买丝线,他从抽屉里取出一杆戥秤,这戥秤是象牙的细秤杆,黄铜的小秤砣和小秤盘,头纽、二纽以及穿秤砣秤盘的线都是宝蓝色的,小巧精致得不像是度量工具而更像玩具。丝线又细又软又轻,红、黄、蓝、白、青、赭、紫,各色齐全。从前女红,刺绣是第一要务,所以采购丝线,常常成为情爱戏里的一道风景。兰瑞林可说是这方面的行家,绣什么花样,要用哪几种颜色的丝线,各种颜色要多少,他都可以提供比较准确的种类和数量,而且一抓就准,秤杆天平,稍稍上翘。称好的丝线用很薄很软的皮纸包好。兰瑞林包出来的丝线包很登样,看着很舒服。

兰瑞林是小店的店主,在家里却做不得主。做主的是他老婆。他老婆叫梅定宝,是梅匏生、梅瓞生、梅莒生三兄弟的姐姐。她那时也就四十出头吧,梳一个松松扁扁的如意髻,用一个龟板形的暗牛角发夹别住,丰丰满满很是福相。

这是一个非常能干的女人。我母亲叫她定伯,我们小孩子就叫她定亲妈(奶奶)。她对人对事都很有主见,一副成竹在胸的神气。据我母亲说,定宝年轻时和她父母哭闹过一次,而且闹得很凶,那是她不满意父母做主、媒妁之言的婚姻。她父亲将她许配给兰瑞林,主要是看中兰家的小康,兰瑞林的本分克实。可是定伯不满意,寻死觅活甚至躺在床上绝食了几天,终究抗不过命运,最后还是成了兰瑞林的妻子。不过经此一闹,她在兰家的地位就变得至高无上,她说东就不是西,她说黑绝对不是白。饶是如此,她还常常发些无明业火,不时拿她那个寿头丈夫来醒脾,也因此落下了肝阳的毛病,一不小心就会发作,成天按着肝区哼哼。

20世纪50年代,街道居委会的权力是很大的。街道在当时不仅是一个地域性标志,更是行政的划分区域,是重要的基层政权形式。一个街道包括好几条自然街,比方我们北市街,就包括庵前街、河下街、蜡作街、太平巷、大有桥街、定泉桥街、北廊棚、蚬子滩等。一个街道的街长是一个不小的官了,但不拿工资,干街长完全是义务,梅七镇人叫自吃饭白磕头。尽管政府不付工资,但街长们依然热情很高。为什么呢?因为政治地位高,在一个居民区,街长说话一言九鼎,踩一脚地皮都要动几天。

那时候居委会三天两头开群众大会,学习"总路线",会前还有小学女教师教唱歌曲"你是灯塔，照耀着黎明前的黑暗……"开会当然都在晚上，每家必须到一个人，风雨无阻，要点名的。来参加群众大会的多半是家庭妇女、老人，这些人常常会带上孩子，所以小孩们也聚会，在会场外的空地上疯野。

召开群众会是街长最风光最露脸的时候，因为这时有人跟他谦卑地打招呼，有人害怕他绕着走，还有人逢迎拍马。那时北市街的街长叫褚阿金。褚阿金四十来岁，家住蜡作街一间平屋里。他是个泥水匠，方脸，脸黑无表情。开会时他独坐在长桌后面，长桌上一盏煤油灯，昏暗的灯光从下方打到他脸上，在我的印象里有些像戏文里的阎王爷，很是可怕。

兰家和我家是贴邻，梅定宝娘家与我家又是本家，所以梅定宝对我家倒并不拿大，她和我母亲关系不错。梅定宝比我母亲大十多岁，她有三男一女四个子女。女儿锦英居长，那时已二十多岁。她看起来很文弱，青白的脸上没有表情。她的性格很像她爹，是个冷人，不跟人打招呼，就连邻居也难得说一句话；当面见了顶多笑笑，甚至笑也不笑，眼观鼻，鼻观心，微微低着头走过了。但是她居然肯参加镇文工团，演出宣传土改的小戏。我记得她曾在《秦乐正》一剧里饰演一个中农，女扮男妆，罗宋帽、对襟衣，扮相不错。大约因为演了这戏吧，她被县里下来的一个名叫程自觉的干部相中，要娶她为妻。这位程干部就托她的表妹梅静芬去说合。结果兰锦英没有答应，后来媒人梅静芬自己嫁给了程干部。这一嫁，一跤跌到青云里，非但她自己有了不错的工作，连她一家都得了不少的好处。几个堂弟妹的学习、就业深得这位堂姐夫的帮助，占了不少鲜头。兰锦英后来也参加工作了，好像进了供销社。再后来她也结婚了，丈夫名叫马松柏，是粮管所的一名干部。她大弟锦仁也进了供销社；二弟锦义参了军，但没过多久又被退了回来，说是血压高。当时不知道血压高是什么病，连"血压高"三个字怎么写也不知道，听字音以为是"血牙膏"。心想"血牙膏"是什么病呢？因为究竟参过军了，所以，政府也给安排了工作。

　　梅定宝和她不如意的丈夫疙疙瘩瘩生活了一辈子，现在也早已不在了，但他们都曾经生动地存在过。

庵前街4号

梅七镇剧场·梅贵昌、梅兆春、骆丽娟住宅

梅七镇剧场

庵前街4号是梅七镇剧场,也是我们家早年寄迹的地方,我从小就生活在那里,直到1955年的秋天,风头正健的椿作社将我们赶了出来。那一年我十四岁。

庵前街4号,表面看是两楼两底的街面房子,其实里面有一个很大的荒芜了的园子。大约是1947年吧,由于海官牵头,十来个包括我父梅兆春在内的镇人响应,将废园子盖上屋顶,办了一个戏院,叫梅七镇剧场。那一年我六岁。

梅七镇剧场是梅七镇创建的第一家正式剧场。此前镇上来戏班只在集秀庵小戏台演出,或者在河对岸公义当废墟的白场上搭台演出,都是临时性的,没有固定的场东,戏班每每感到非常不便,因此镇上少有戏班前来演出。所以过一段时间,镇上便会闹一点小小的戏荒。

任何时代,地方上总有一批被称作好事者的人。其实好事者大都是些热心公益的人。于海官们知道,办戏院不可能赚

钱，十有八九倒是个赔钱的买卖，但是为了满足镇民的戏瘾，不赚钱他们也愿意试一试。

草创时期的戏院是非常简陋的。一个用石块、木头、木板搭成的戏台，粗糙但很大很扎实。观众席是一排一排长长的木凳，凳面宽度绝对超不过三寸，坐久了，两条腿会发麻。场子里有两行六根柱子，有不少座位视线是要被柱子生生切割的。但所有这些，丝毫不影响镇人来看戏的热情。

门岗仲峻松

我那时因为年纪小，对于除了我父亲以外的剧院股东一概没有清晰的印象，倒是几个具体的工作人员的形象直到现在仍然飞龙活跳，其中一个就是门岗仲峻松。门岗就是门卫，门岗不单单验票收票，还要维持秩序和招徕观众。仲峻松是孟家园人，瘦长条子，灰脸，凹眼，耸鼻，蛇颈，一副雕鹫形象。我后来读《吴越春秋》，读到卧薪尝胆的勾践，忽然联想到仲峻松，好像就是这副模样。

戏文开场前，仲峻松就坐在蝴蝶门边的一张高脚凳上检票，一双凹眼明亮得像要放电，检一张票喊一声："又来一位！"

进场的观众渐渐稀落下来，开场锣鼓也响起了，仲峻松便踱到门厅外，站在街沿石上朝街的两头高声喊道："戏文马上开场了！好戏呀！"

这时，总有两三个迟到的观众匆匆赶来，仲峻松便喊道："又来两位！"

接着又来一个观众，仲峻松又喊道："再来一位！"

戏文开场之后，蝴蝶门关上了，仲峻松也不去休息，他还坐在高脚凳上和拎篮头卖香烟、瓜子的闲聊，一边还在等迟到的观众。也往往有乡下人这般时候还火急火燎地赶来，仲峻松就安慰说："别急别急，戏才开场呢。"或者说："还有大半场戏呢！"

有时他会踱到票房口，将脖子探进去问账桌边的郑老兴："今天营业不错吧？"

从前戏院的门岗看着轻松，其实很难当的。因为地方上总有一批歪戴帽子的白相人即混混儿来看白戏，久而久之，这好像成了一个通例。这批人除了看白戏，还常常故意制造一些事端，甚至在场子里公然调戏妇女，还有为此而争风吃醋的。记得有一次为一个女人，两帮混混儿大打出手，长凳飞来飞去，还把汽油灯也砸了。场子里大哭小叫，一片混乱，戏也没法演了。

往往管事的怕麻烦，对白相人不敢得罪，睁一眼闭一眼。但是仲峻松顶真，碰到看白戏的，他就拦着不让进。"想看戏？买票！"或者："大家都来看白戏，戏院还开不开？"常常牛对马对一阵纠缠之后，白相人就动起手来。好像总是仲峻松吃亏的时候多，毕竟寡不敌众，鼻青脸肿，口角挂血，但他不示弱。这样，混混儿们也怕，于是只好王店人卖饭自落台阶，指着仲峻松的鼻子说："你个不识头，姓仲的算你横，你等着！"一边骂骂咧咧在众人的劝说下悻悻离去。

混混儿走了之后，仲峻松也像了却了一件事，到账房间去洗把脸。当他回到门岗的时候，一个鼻孔里塞了一团棉球，又没事人一样与人闲聊了。

按规定，戏演到快近尾声时不收票了，梅七镇人叫"看放戏"。这时门厅里早就挤了许多等看放戏的人。这些人便会央求仲峻松早一点放戏。虽说放戏是定例，但早放迟放要看仲峻松高兴。有时候差不多还有小半出戏呢，仲峻松心一软说："好吧，今天早点放算了。"他将高脚凳掇到一边，打开了两扇蝴蝶门，人们便嬉笑着一拥而入。

这时仲峻松会非常得意，他走到门厅外，站在街沿石上，朝两头望望，然后提起脚回孟家园去了。

账房郑老兴

账房，是"账房先生"的简称，既管财务又兼售票。梅七镇剧场的账房不止一个，有时我也见我父亲，还有章福荣坐在账桌里，但长坐的是郑老兴。

印象里郑老兴五十来岁年纪，微胖，浓眉，黑胡，大概嗜酒，一张脸红到发紫，是宜兴紫砂壶那种暗沉沉的紫。他为人温和，说起话来总是笑嘻嘻的，从不与人争执，遇到不同意别人的意见，他只是笑笑。仲峻松与看白戏的混混儿在门厅里争吵，郑老兴就将售票窗洞的小木板窗关上，算是双手推出窗前月。有一次流氓在场子里闹事，演出中场停止，观众纷纷抱头鼠窜，一条飞着的长凳竟然穿过账房间后壁上方钉着的木条子，将挂在楼梯下的一排汽油灯砸了。这时账房间没人；郑老兴呢，早已躲到楼上去了。

郑老兴的账目像流水一样清清楚楚，票根和钱钞轧平，收入与支出轧平。乡下人手里常常缺少现钱，剧场也容许以米代金,米有粳、籼、糯、糙,所以账桌旁放了四只栲栳。好像也不用秤称,乡下人用手帕或者方巾包个"头",郑老兴用手一掂,就将米抖到栲栳里。有时米实在太少,乡下人自己也知道,就对郑老兴说:"这次就这点了,下次吧,下次一定补上。"郑老兴不信任地笑笑,也就通融了。

汽油灯技师房贵忠

现在剧院的舞台灯光,已不仅仅用来照明,也不像八九十年代加些追光、脚灯;现在剧场的舞台灯光光怪陆离、变幻莫测。但梅七镇剧场时代,灯光就是灯光,而且那时小镇还没有电,根本谈不上电灯,遑论"灯光"二字。那晚上舞台上的照明怎么解决呢?

幸亏有一种相当于四五百支光电灯的灯,这灯叫作汽油灯。

汽油灯,顾名思义,是用打气的办法使得煤油气化而点亮的一种灯。汽油灯有两种,一种摆灯,一种吊灯。摆灯,灯体在上,储油罐在下,适合摆放,近似现在的台灯。吊灯相反,储油罐在上,灯体在下,适合挂吊。从功率上讲,吊灯比摆灯功率要大得多;并且吊灯照耀一无遮挡,所以舞台上都用吊灯。一般戏台上用五盏汽油灯:台口三盏,台中两盏,整个戏台就如同白昼了。吊灯用生铁铸造的,有一二十斤的分量,很沉,摆灯用铝材制作,要轻巧;吊灯工艺相对复杂,它的储油罐做成轮胎状,灯体由纱罩和鸡心形的玻璃外罩构成,摆灯像风雨灯,当然灯芯也是纱罩。纱罩是用石棉做的,是发光体,相当于电灯的钨丝，点亮后好像一颗晶莹剔透的枇杷。这个石棉纱罩非常奇妙，没有用过的纱罩就像棉纱一样柔软，可以任意折叠；一旦用过，它就撑挺，变硬变脆，不能触碰，一碰一个窟窿，就点不亮，废掉了。

点汽油灯是个技术活儿，不是随便什么人都能干的。梅七镇会点汽油灯的只寥寥数人，梅七镇剧场负责点汽油灯的是房贵忠。房贵忠有个绰号叫鸭蛋，也不知出于何典，总之不论老小都叫他鸭蛋，他也答应，就像名字一样。鸭蛋那时二十岁上下，是附近一家烟纸店的店主，点汽油灯梅七镇数他最有本事。每当夜场开场前一二十分钟，鸭蛋就在账房间点汽油灯。第一步加足煤油。第二步打气。汽油灯轮胎形的储油罐上横出来一根旋子，来来回回抽动旋子，就是打气。打气打多少，很有讲究，打多打少都不行。打多了，纱罩会爆掉；打少了，气不足，汽油灯使用时间不长。第三步是点灯。第四步是合上玻璃外罩，就可以提着去吊挂了。

点汽油灯是很好看的，鸭蛋点灯时，我就站在一边看。加足油，打好气，鸭蛋就划亮一根火柴。火柴慢慢靠近纱罩，只听噗的一声，像一颗白沙枇杷的纱罩一下就亮了。燃亮的纱罩开始有蓝色的光焰，不久光焰收束，纱罩变得白灼，发出轻微的"哗"的声音。鸭蛋有说话先吐唾沫的习惯，吐一口唾沫说一句话，边吐边说。将一排五六只汽油灯点亮之后，鸭蛋有点得意，就吐着唾沫对我说："梅亚森，纱罩是不好随便碰的哦。呸！一碰，它就坏掉了。呸！一只纱罩的价钱可以买半只公鸡，是蛮贵的哦。"

之后，鸭蛋就一只一只拎了汽油灯到戏台上去挂。

戏台的台口早已经立着一架双梯。鸭蛋一手提灯，一手抓着梯子，一步步爬上去挂灯。提了灯爬上梯子挂灯是很吃力的一个活儿，但鸭蛋似乎很开心。挂上之后，将灯扶定，爬下梯子又朝上瞄瞄。确定稳妥了，就移动梯子，准备挂第二盏灯。

我对鸭蛋在点灯时对我说的话将信将疑。第二天早上，我从楼上房间下来，路过账房间，见账房里没人，我望望挂着的一排汽油灯，拉下其中一只灯的灯罩，伸出一个手指轻轻碰了一下纱罩，果然，纱罩上立刻就破了一个洞。我自言自语地说："真的碰不得呢！"

汽油灯也会有发生故障的时候。有时戏演到一半，台口的一盏汽油灯忽然变红，变黄，暗了下去，好像打起了瞌睡，甚至炝掉。这当口，就会有人去叫鸭蛋。不一会儿，鸭蛋便扛了梯子匆匆赶来。这时戏并不停下，鸭蛋就在台口竖好梯子，迅速爬上去，一手扶住灯体，一手吱吱地打一阵气，汽油灯就重新亮起来了。鸭蛋下来后，吐了一口唾沫对看戏的说："这只灯有点漏气了。"

勤杂工德祥和场东之一章福荣

大家叫他德祥，也不知他姓什么。他是拎篮头卖香烟、瓜子的跷公大妈的儿子。德祥年纪很轻，人很克实。德祥除了挑水和打扫戏园子外，还要扛着海报上街去宣传。

什么叫海报呢？海报就是戏目广告。那时的戏院海报当然不能与今日戏院的海报同日而语，但在那时的小镇，也算一件很新鲜的事了。

梅七镇剧场的海报是用毛笔墨汁写在彩色的油光纸上的。

海报大体分两类：一类是广告性海报，简单介绍演出的戏目，比如——

特请××剧团演出
日场
碧玉簪
夜场
打銮驾

有时夜场剧目后外加一行小字道：

加演：马寡妇开店

这类广告又有两种：一种张贴在戏院门口和镇上闹市区；还有一种流动海报，是糊在像从前官衙"肃静""回避"样子的硬牌上，由人扛着摇着铃到四街八巷去宣传。

这个扛硬牌上街宣传的工作就由德祥担任。他上午下午各上街一次，也不用吆喝，扛着海报牌，一个手拿一个黄澄澄的铜铃，边走边丁零丁零地摇铃，就有闲人站在路边看。有时商家会喊他停下，把硬牌侧过去，于是商铺里的老先生或者小先生便扯起调门儿一个字一个字地念："日场《碧玉簪》，夜场《打銮驾》，加演《马寡妇开店》。"

德祥的工作是很辛苦的。但他体格好，总是笑嘻嘻的，并不觉得累。德祥后来参军了，居然是海军。一次他回来探亲，从我家门前过，我见他穿着海军衫，帽檐后面两根飘带在风里飘扬，非常神气。

另一类海报是介绍演员的，贴在戏院门厅的东墙上。主要演员一人一张，红黄蓝绿间错着贴，很是绚烂。那是"斗方"，极正楷的字体，每个演员都标明身份，比如"头牌""二牌"之类。有时候换个说法，不标头牌二牌，而用一个形容词词来替代，比如：

风骚花旦
杜
月凤

有一回，我见一个老生标的是"熨斗老生"。熨斗老生是什么意思呢？我到现在也不明白。

听大人们议论，海报上的字是极见功力的。写海报的就是有时在账房里坐坐的章福荣。章福荣和戏园子所有的人都不同，他白净斯文，戴一副淡黄边的近视镜，头发梳得一丝不乱。他读到旧制高中，在街坊眼里算是有学问的高级知识分子了。但他一生很潦倒，连老婆孩子也养不活，他的老婆福宝就支一口锅，卖油沸臭豆腐干来补贴家用。后来总算谋到塘北新生乡一个生产队会计的职位，而这时好像他的妻子已经谢世了。

小王全芳

杭嘉湖一带江湖上的名戏班有刘公阳班、孙柏龄班、卞云良班、达子红班、王全芳班等。

王全芳班的正式名称叫国民舞台。王全芳是德清新市镇人，弟兄三人全是京剧演员，长名德芳，唱花脸；次即全芳，也唱花脸；三是信芳，唱武生。国民舞台是个大班，演职人员多，行头多，道具多，所以有八九条乌山船，光是搬运布景、戏箱和刀枪剑戟等道具，就搬了差不多大半天。演出不用说，十分轰动。

国民舞台不光行头好，布景道具好，戏目丰富，角色齐全，而且演员功夫到家，演出认真，一丝不苟，这是班风。这班风的形成据说源于王全芳的父亲。王父那时已七十来岁，早不登台了，但仍然坐镇，是国民舞台的灵魂。那老头广额疏眉，不苟言笑，使人一望而生畏。他对戏班的管理非常严格，这从训练青年演员上可以见出一斑。

一天清晨，我睡眼惺忪地从楼上下来，刚出账房间，想去灶间洗脸，这时，只见远远的一个人从戏台上跳下，拼命朝外面狂奔。相距不过七八步路，他的身后一个老头手执一柄大刀，紧紧地追了上去。经过我身边时，我才看清，在前面跑的是王全芳的儿子小王全芳，在后面追逼的是王全芳的父亲王老头。我心里想，这一老一小大清早起，唱的是哪一出哇？我脸也不洗了，好奇地跟着他们跑到大门外。只见小王全芳出了剧场，往东，又一拐，上了新桥。王老头紧追不舍，也跟着上了新桥。或许小王全芳觉得逃得了一歇，逃不了一劫吧，逃到新桥南堍，他渐渐放慢了脚步并且终于停下了。这样，王老头就撵上了他。撵上之后更不打话，劈头一刀背下去，小王全芳就翻到了地上。当一老一小回到戏院的时候，我见到小王全芳的鼻子里有红的浆液挂了下来。

后来才知道，每天天不亮，剧团的学徒们就得在戏台上练功。木柱上挂一盏三个嘴的煤油灯,教练王老头就站在灯下,手持一柄大刀绷着脸看着。那天练的是翻"倒摸儿",轮到小王全芳翻的时候,王老头认为他动作不规范、不到位,二话不说,一刀柄就下去了。小王全芳就感到很委屈,一委屈,抬脚就往台下跳,意思是不练了。这下老头真有点火了,要知道,还有其他学徒呢,这就跟着跳了下去。小王全芳一见,顾不得多想,提起脚来又往外逃,这就有了我看到的那一幕。前几年看陈凯歌的电影《霸王别姬》,才知道从前戏剧班子里的学徒有多苦,这才理解小王全芳为什么要逃,同时也理解王老头为什么要追。可见王全芳班对艺徒的训练有多严格,哪怕自己的亲孙子也绝无丝毫的姑息和迁就。

有意思的是,几天之后,场方应观众的强烈要求,提出让小王全芳以新秀的身份主演全本《李元霸》,当然剧场愿意额外支付一笔酬金。

小王全芳演出的那天晚上,我因为功课还未完成,就爬上一只特别高的高凳,趴在台角上一边做作业,一边等候戏文开场,心情特别愉快。

这是小王全芳学戏以来第一次正式登台亮相,从化妆、着装到手里使用的那一对铜锤,全都是他爷爷亲手一一打理的。我因为离得近,看得仔细,小王全芳的盔甲和蟒靠,手里拿的铜锤,全都是新的。看着看着,我忽然想起几天前小王全芳被爷爷追打的情景,不禁笑了。

那晚,小王全芳果然不负众望,演出非常成功,唱、念、做、打都很到位。特别是最让人担心的铜锤功夫,挥锤、击锤、抛锤、接锤,也没有一点点闪失。只见灯影里两柄铜锤上下翻舞,飞光闪闪,就像自己在舞动。小王全芳的演出,博得全场的阵阵喝彩。就这样，王全芳班子中的一颗艺术新星在梅七镇剧场的舞台上升起了。

那天只有我一人看到一般观众没看到的另一番景象，就是，在小王全芳演出的过程中，始终有一个人绷紧了脸站在幕侧，一眼不错地盯着台上的一举一动。他手里捧着一把紫砂茶壶，却一口也顾不上喝，直到终场。这个人就是小王全芳的爷爷王老头。

客串宋君亭

1948年深秋，有一天剧场挂出了"特邀宋君亭客串《打銮驾》"的水牌，一时轰动了梅七镇。人们都在打听：这个宋君亭是谁？是哪家闺秀或太太？

为什么要猜测是闺秀或太太呢？因为所谓客串，就是票友到剧场加盟专业剧团演出，而且主演。这必须得有两个条件：一是这个票友功底扎实，具备接近、达到甚至超过专业的水平；二是要有经济实力。客串只是为了扬名，没有报酬，非但没有报酬，还要支付给剧团一定数额的演出费。要具备这样两个条件，非大户人家的太太小姐不可，因为只有大户人家的太太小姐才既有钱又有闲。那么，这个宋君亭是谁家的闺秀或太太呢？

其实这个名叫宋君亭的年轻女人，既不是闺秀，也不是太太，而是河对岸谢家媳妇施凤娣娘家弟弟的一个小妾。那年她二十六七岁年纪，也不知她正在谢家做客小住呢，还是特地从塘北永新乡张家桥赶来客串的。总之，那天晚上开场锣鼓已经响起了,我才见扮好戏装的宋君亭从谢家墙门出来,一路撩着袍角,影影绰绰地上新桥下新桥,来到剧场。

那晚演的《打銮驾》是包公戏,宋君亭饰演包公,可以说声情并茂,不时博得观众"好哇,好哇"的红彩。演出结束,好多戏迷挤到后台门边,等候宋君亭出来。宋君亭出来了,仍然撩着袍角。戏迷上前去问候,宋君亭两手合十作揖,连连说:"多谢,多谢!"由戏迷围护着一路出戏院,然后一个人上新桥下新桥,影影绰绰回谢家,进了门,不见了。

宋君亭的这一次客串,引起了镇上好事者的兴趣,但是一直到很多年之后,人们才了解到宋君亭的真实底细。一知道底细,这才恍然大悟,那晚宋君亭有如此出色的表演,实在一点也不奇怪了。

原来这个名叫宋君亭的女人,本是上海一家越剧团的专业演员。据说与袁雪芬、范瑞娟、徐天虹等是师姐妹。当时上海的一些越剧戏班也偶尔会到乡下来演出。塘北永新乡便是宋君亭所在戏班来演出的一个点。戏班来永新乡演出,地点就在张家桥的陈家观音堂前白场上。当地有个名叫施义农的男人,是这个乡的副乡长,施家又是村里首富,这个施义农还是个有名的中医医生,人又长得英俊,性格热情豪放,在地方上有地位有声望,人缘也好。他很喜欢看戏,是个戏迷,便常常去帮忙售票。那时宋君亭得了一种妇科疾病,久治未愈,就去请施义农诊治,居然给治好了。这样,一来二去,两个人都有了情意,宋便不计名分给施义农当了妾,并且为他生了两个女儿。

后来宋君亭依然回上海唱戏。1949年10月间,施义农悄悄带了几个月大的女儿,坐了自家的小木船,由两个长工护送,经梅七镇到嘉兴坐火车去上海找宋君亭,宋就安排他在剧院票房当售票员。但是不久之后,他还是被清查出来,去了江苏滨海农场。

宋君亭从1953年起到1958年,一直担任上海建立越剧团团长。1958年后转行到上海第一纺机厂任保育员,直至退休。这当然是后话了。

阿大师傅

剧场是越来越不景气了,到1951年,不再接戏班,之后不久就歇业了。

1955年春天的时候,梅七镇椿作社进驻剧场,寂静了数年的一个场子又喧腾起来。椿作社当然不演戏,他们是做农具的,因此,这以后锯声、刨声、凿子声聒噪得整日不得安宁。

就在这年夏天来临的时候,我们还来不及烦椿作社,椿作社倒烦我们了。有一天,椿作社的头头儿找到我舅父,限定我们半个月里搬走。这头头儿官名不传,大家都叫他阿大师傅。阿大师傅的脸上终日刻着笑,吃饭笑,走路笑,说话笑,干活儿笑,睡觉不知是不是笑,想来也笑吧。日子久了,你就知道,他的笑徒有虚名,其实不是笑。有一次我看见他很严厉地训斥一个徒工,他照样笑,让人毛骨悚然。

且说有一天,阿大师傅找到我舅父——其时我父母都不在我身边——限定我们半个月之内搬走。说过期不搬,他们"帮"我们把家具等清到街路上去。他说话时当然是笑眯眯的,好像在说一桩好玩的事情。舅父知道,这个阿大心狠手辣,他说得出,肯定做得到,绝没有半点商量余地。半个月时间搬走,还得找房子,未免太苛刻了。但阿大是金口,舅父没法,只得抓紧时间找房子。

就在这半月之中的某一天,阿大师傅在劈一块木料时,一斧子下去,将自己的一节手指剁掉了。手指掉进了刨花里,这个阿大居然非常冷静,用斧子在刨花堆里拨来拨去寻找,找到那节断指,将它安到手上,自己飞奔到远在大街的医院去求治。

半个月到期的那一天,舅父终于找到了房子,而我家的一些家什,已蒙椿作社几个工人"帮忙"撂在了街沿上。

椿作社不是剧团,他们搬来梅七镇剧场,只是利用场子做农具。但是,在这半年里,他们演绎的难道不是一出"人间喜剧"吗?

梅贵昌

梅贵昌虽然也姓梅,但和我家不是一支。庵前街4号,梅贵昌家是原住户。听我母亲说,早在一二十年前,梅贵昌家在这里开了一爿椿作店,两开间门面。梅贵昌的父亲既是小业主,也是椿作行业的一把好手。他雇了几个朋友(从前杭嘉湖一带称"伙计"为"朋友"),日子过得相当殷实。梅贵昌的母亲为富且仁,又十分大方。当时我外婆家是她家的东邻(就是现在兰瑞林家两间房中的一间。那时兰家也只租住一间。若干年之后,房主章家要出让这两间房屋,我外婆家本来想拼拼凑凑买下一间,可兰家坚持要么买两间,要么宁可搬走。在这种情况下,我外婆家只好搬走了),生活很是困难,梅贵昌的母亲就常常施以援手。夏天的时候,梅家买有成担的西瓜,堆放在屋角,每当开瓜,总是叫学徒捧过来半只。

数年之后,梅贵昌的父亲去世,他母亲要继续支撑门面,显然力不从心了。为了生计,她将店内一个名叫传金的职工招了赘,梅七镇人叫作"接河泥膀",总算将门面撑住了。但是不上几年,她也去世了,椿作店到底没能撑住,待到其余几个职工、学徒一走,就倒闭了。再后来,传金师傅也过世了。一个家族的兴亡,说起来就这么简单,许许多多活生生的细节总是被时间过滤掉了。

梅家原有二男二女,传金师傅入赘之后又生了个儿子,这样一共三男二女。长即梅贵昌,次文宝,三松宝,四贵祥,五阿毛。文宝是个麻脸,嫁在新塍乡下。松宝嫁给章贵忠,即为梅七镇剧场点汽油灯的鸭蛋。贵祥绰号小赖子,常年厮混在外面,后来被判了无期押送到内蒙古服刑。阿毛起初跟着父亲传金师傅学些木工,传金一死,他才十来岁,大姐文宝就将他接到乡下去了。这样,庵前街4号就剩下梅贵昌一个人了。

梅贵昌,小名阿贵,大家都叫他阿六贵。为什么叫他阿六贵呢?原来梅七镇逢年过节有一道大菜,就是嵌宝鸭,鸭肚子里填了糯米、火肉和香肠、栗子、黑木耳等六种食材,六种食材称六贵,所以又把嵌宝鸭叫作鸭六贵。叫阿贵为阿六贵,一是取的谐音,二是形容这是个"宝货"。阿贵人精瘦,两条腿像鹭鸶腿,又细又长,要命的是除了尖嘴猴腮,还长了一双斜巴眼。你以为他盯着你,其实他正看在别处;你以为看在别处,不提防他正盯着你哩。他又特别的胆小,所以我母亲给他取了个绰号叫:吓坏松鼠。肖极。

阿贵终其一生是单身,也从不近女色。他略会一点点木工,比如凿水车车辐板之类,但不足以养活自己,于是只好去挑乡担,也就是下乡的货郎担。我小时候,常常见他在傍黑时分回家。歇下担子后,扯了毛巾,又从桌子底下摸出一双布鞋,蹒跚地去河埠洗刷,回来时手里换成一双滴答着水珠的草鞋。将草鞋挂到门口柱子的钉子上后,他便去灶间烧夜饭。

阿贵是个极自我的人,但不自闭,他有需要了,就与人交流;不需要了,遇见就像不认识一样。这就叫有事有人,无事无人。

谁也料不到的是,就在这年夏天,一天傍晚,阿贵突然被逮捕了。消息传来,庵前街似乎被吓着了,家家觉得纳罕,连晚饭也推迟吃了。孩子们则一窝蜂地跑去看新鲜,我也跟去了。

阿贵被绑在新桥河南岸的夏家大厅里,那时梅七镇镇政府设在那里。我们从后门进去,走过一条有些倾斜的游廊,穿过一个小小的石板天井,就是大厅。一进大厅就看见,阿贵果然被反剪着手绑在厅东北隅的一根栋柱上。那根漆色斑驳的栋柱,原先挂有一块石绿填彩的抱柱联,现在挂了阿贵。阿贵赤膊,牛头短裤,显然抓他抓得急,连衣服也不让换上;麻绳勒得太紧,他一身的瘦肉青青紫紫的。他垂着头,两个斜眼茫然地望定地上的某一处,汗水从鼻尖上一滴一滴地往下滴;穿木屐的两脚之间的方砖地坪上汪了一摊水,那条灰蓝色牛头短裤的裤裆湿了一大块。这时一脉惨红的夕阳从北窗口射进来,打在阿贵的下半身,阿贵便像萤火虫一样明亮起来,就见有三只金头苍蝇沿着崚嶒的瘦腿爬上爬下。

奇怪的是,大厅里除了阿贵,没有看管的人。大约看管者吃晚饭去了,他们并不担心会有谁来劫走阿贵。

我们这些孩子很有耐心，立定了看阿贵，也不说话，看了好久。看到后来，阿贵好像平静了，他长长地吐一口气，将头抬了一下，于是，孩子们一哄散了。

阿贵大约吃了三四年官司，释放回来依然打零工过活，二十多年后，进了一家镇办印刷厂，晚年靠菲薄的退休金生活，冬天晴暖的日子，拄了根手杖到集秀庵山门外的石凳上晒太阳，直到八十来岁过世，自以为也算是有福之人，不白来世上一趟了。

梅兆春

梅兆春是我的父亲。我们梅家祖上就经营丝绸业，所谓"以机为田，以梭为耨"。到了近代，丝绸业式微，梅七镇的机户逐渐凋零，饶是这样，到我祖父手里，尚有十二台绸机，十余名工人。父亲说他十二岁时已掌管后勤，提着菜篮为机房食堂买菜了。

据我父亲说，我们祖上曾经富过。我小时候，有一年清明，跟父母去于家鱼池的祖茔上坟，路过朝阳桥帮岸时，父亲指着一大片房屋说，这一带二三十间房子本来是我们家的，因为他父亲，也就是我祖父梅少泉，十年沉疴，坐吃山空，就将这些房子陆续典卖出去了。总之，在祖父逝世后，我们家败落了。

我父兄弟姐妹四人，父行三，因而小名唤作三官。机房倒闭以后，经人介绍，父亲去上海一家丝厂当学徒。满师不久升为工头，即车间主任。八一三上海抗战爆发，他和许多在上海谋生的外地人一样，逃难回到家乡。为糊口，他做起了树柴生意。所谓树柴生意，就是从农民手里收购来树柴，稍加分类整理，一小部分卖给本地饭馆、茶楼，大部分装到上海，卖给上海的柴行。在收购来的树柴里，也有极少数木材，这些木材要等到干缩后，才能卖给建筑公司，所以，那时我家门前的河里终年浸泡着许多粗大的树干。

父亲和母亲结婚时已经二十九岁，即便现在也已算大龄青年，他和母亲相差七岁。之所以拖到这个年龄，据我母亲说，是此前他曾经迷恋过乌镇镇上的一个寡妇。他想与这寡妇结婚，但是我的祖母坚决不同意，说昏了头了，怎么能去讨"二婚头"！后来由嫁妆店的毛阿卿保媒，说布衬（即布佰）店的凤根姑娘蛮好的，因她家穷，一说便同意了。

父亲结婚之后，便从家里搬出来单过。起先租住在石桥街浜底的旗杆下，一幢石库门房子，我就出生在那里。母亲说，那年还只是10月里，天气就已经很冷，到河滩洗尿布都要敲开冰来了。第二年搬到新桥港河南的谢家房子。那里虽然宽敞，但晒场不好，离河埠又远，住不多久，再搬到庵前街4号。

在我的记忆里，那时白天总是见不到父亲的身影。他早出晚归去乡下收购树柴，加上男孩天生与母亲亲，所以我与父亲几乎没有什么交流。他很少抱我，或携着我出去玩，只有一次，我从楼梯上摔下来，跌破了头，在养伤的日子他才抱我，或买我爱吃的谢有根担子上的麻糍。

父亲遭政治陷害被捕入狱，是我们家的一个转折，从此厄运如磐，压住我家差不多有三十年。

事情的起因缘于一件和我们没有直接关系的事情。这要从我外家说起。我外公外婆原是苏州北郊一个名叫砖场的村镇上人。那一带农村田地少，却有许多水泊池塘，所以各家除了一两亩田、几分旱地之外，拥有少则一口、多则几口的池塘养鱼。饶是这样，还养不活一家老小，于是又普遍从事一种叫作布衬的手工作业。

什么叫布衬呢？就是用破旧布料一层层抹上糨糊，贴在门板上，晒干后成为纳鞋的材料。布衬分帮衬和底衬两种：帮衬做鞋帮，底衬做鞋底。布衬又叫布佰，缘其一张布衬布的层数多，每天生产的布衬多。所以做鞋底的布佰又叫底佰，做鞋帮的布佰又叫帮佰，或圈佰。别看这是一种收入很低的行业，也有一定的技术含量。它的质量好坏在于既要结实，又要容易穿过针线，就是妇女们说的缉（纳）起鞋底来很松，不韧不涩。布衬这一行，也有几道前期工序：洗、晒、拆、剪。洗，就是将收购来的旧衣服洗干净；晒，就是将洗干净的旧衣服摊在场地上晒干；拆，是将衣服用拆刀拆成一块块布料；剪，是将拆开的布料上的贴边、门襟、纽扣等剪去，把布料剪得成方成块。剪下来的边料，圆圈的还可以整理出布条，扎成拖把出售；余下的废料叫"烊装"，只好卖给废品站了。

冬天的时候还做"橹手衣"，一种可以套在橹柄上的棉手套，卖给摇船的。

这样的行业，也是底层一部分人赖以生存的方式。梅七镇上就生活着好几家从苏州来的布衬人家，我外家就是这样的人家。到我出生时，外公早已去世；我外婆街坊都叫她苏州大妈。

早年，我外家租住在庵前街3号，即兰瑞林家的东邻，当然非常贫穷。那时我舅舅才十来岁，我外公外婆怕将来说媳妇困难，就花了三十块银圆，替他蛉了集秀庵后齐家七岁的女孩为童养媳。谁知两人长大后，我舅舅不喜欢她，不愿与她结婚。于是，她就成了我姨。姨原名齐彩英，来外家后，随舅舅的名字银根唤作根宝。根宝七岁蛉来，自然也学会了糊布衬，到1949年，她二十二岁。

那时候刚解放，干部非常缺乏，镇上的南下干部就物色出身苦的本地青年，来充实干部队伍。根宝姨是童养媳，很快就被列入了培养对象。她先是参加土改工作队，去庙簰一带乡下搞土改。记得她曾经跟我们说过，说她开头晚上下乡有些害怕，后来慢慢胆子大了。几个月下来，她便锻炼出来了，再也不怕了。一两年之后，她离开了外家，成了梅七镇的妇女主任，同时使用了自己原来的名字齐彩英。

大约在彩英姨任镇妇女主任半年以后，有一天，她慌慌张张来我家找母亲，说有个叫华宝才的副镇长死活缠着她，要和她搞对象，她不愿意，却无法摆脱，只好暂时到我家来躲避一下。从此，只要华某缠她她就来我家。

差不多这段时间，镇上驻扎了解放军的一个团。据说这个团曾经参加过有名的孟良崮战役，说电影《南征北战》的许多战斗场景，都是这个团曾经经历过的。一时间，封闭保守的小镇出现了许多穿草绿色军装的兵士，就像亨利·詹姆斯在《法国掠影》里描写都兰省的图尔镇因为驻扎了五个团的驻军，从而"红裤腿的小兵使这座城镇一下子亮堂起来"。

这个团的政委名叫郦起风。郦政委那时带了通讯员，就住在庵前街11号地主方慧僧家一幢楼的楼上。不知从什么时候开始，街坊们发现，彩英姨常常去方家找郦政委，一待差不多就是半天。有街坊来和我母亲说，看样子你家根宝和郦政委在搞对象吧？不久，这事就得到了证实，他们确实恋爱了。大约恋爱了有半年光景，他们结婚了。婚后，我记得我们家曾倾其所有宴请过他们夫妇一次。

宴请那天郦政委不穿军装，穿的是一套灰蓝色便服，儒雅又随和，但总让人感觉有一股逼人的威势。就是在那次家宴上，我们知道了他原本姓屈，叫屈有生。他是从财主家逃出来参加革命时才易名改姓的。改郦是因为他娘姓郦，改名起风是他从放牛娃变成革命军人，就像起了一阵清风。

宴罢上茶，又闲聊了一会儿。闲聊时不知怎么，扯到了小孩的智力上。郦政委说，孩子聪明不聪明主要看小脑发达不发达，小脑发达的孩子聪明，小脑不发达的孩子就不聪明。他说，人的脑容量是一定的，后脑发达了小脑就不发达，小脑发达了后脑就不发达，所以，他得出结论：扁头比不扁头聪明。说着，他将我拉过去，用手在我脑袋上比画，说我的后脑勺突出，发达，两边的小脑平平，不发达，所以他断定我不聪明。当时我们都很信服他，以为他是高级干部，这么说肯定有科学依据。不聪明就不聪明吧，我无所谓。

现在回想起来，彩英姨和郦政委搞对象，除了跟风当时找军人的潮流外，借此可以摆脱那个副镇长华宝才也是一个重要因素。

华宝才人物猥琐，尽管是副镇长，当然没法跟白净儒雅地位高出一头的郦政委竞争，只好干瞪眼出不来气。他因此非常恼恨，恼恨之余又一口毒气呵到我父母身上。他怀疑彩英姨不跟他好，是我父母在背后挑唆。

就这样，我父被诬陷判了四年有期徒刑。

我父是1956年春天的时候被释放的。我父回来后的第二天，携了我去街坊一家家打招呼。

"三官，你回来了？"

"回来了。几年不见，你仍旧这么青健。"我父恭维说。

吃官司回来不是光彩的事，之所以带上我去各家串门，也是告知的意思。他是有了阅历的人，硬了头皮也该要这么做的。

我父自由了，但没有工作，从此开始了打零工的生涯。他半解嘲半安慰地对我母说："没关系，好在四年官司，我的体力倒是锻炼出来了。从前可以说是手无缚鸡之力，现在一二百斤也能挑能扛了。"

我家尚有八分八厘九祖坟地，一分为二，一半归叔父，一半归父亲。那年，我家那四分多地全部种了番薯。六月里正是番薯长势最旺的时候，差不多三天两头要去翻藤，目的是不让藤上生系根，因为一长系根，系根上就会长出番薯。这样，营养分散，生出的番薯多但是小。翻番薯藤一定得在"热辰"里，即中午十二时到下午一、二时，太阳最炽烈的时候，为的是翻断的系根可立时让阳光晒瘪。我父要我和他一起去干这活儿，我只好去干了。

坟地在镇西北，一个名叫于家鱼池的地方，离家约有两里多路。我们戴着草帽，穿着长袖的衣裳，走在路上，烈日在头顶烤着，人的影子是黝黑的一个圆团。过定泉桥时来了一阵风，风是热的，就好比洗了个热水澡。

于家鱼池不大，约有半亩的样子，池周长满了蓊蓊郁郁的杂树、灌木。池里不时发出咚的一声，显然有青蛙跃入水中。我家的番薯地就在临水的池边，虽说只有四分来地，可在我的眼里大得好似没有边际。深绿的薯藤在阳光下蒸腾出一片沉砀的水汽，使人的视线也模糊了。地北有一个很大的土包，那是祖坟；地南有一棵瘦瘦的楝树，尽管叶子细碎，也是一片难得的荫凉啊。

我们伛着身子，将番薯藤从畦的这边拽到畦的那边。过个一两天，又要将藤从那边再拽到这边。这样的工作要反复进行多次，直到主根的番薯长大。番薯的畦垄真是长啊，好似拽不到头似的，不一会儿，汗就如雨点一般滴下来。拽过两畦，我们便坐在池边的树荫里歇力。

我父说："这样干法，什么时候才翻完呢？"

我没有回答。

我父又说："要不咬咬牙，不休息，早翻好早收工。"

我仍没有回答。

我父走出树蓬又去工作了。迟了几分钟，我也只得跟了过去。没来由地生出一个念头：做人真是受罪。这样的大毒日头是晒得死人的。晒死就晒死，活着受罪，不如晒死算了。小小年纪竟有这样的厌世情绪，现在想来真有点吃惊。——谢天谢地，终于干完了。

那时候，劳改释放人员，一般头上都有一顶帽子，但我父没有，说是明确宣布不戴反革命帽子，做人民内部矛盾处理，有公民权。这就怪了，既然是人民内部矛盾，何至于会吃四年官司？但我父没有深究，他已经喜出望外了。

虽然不戴反革命的帽子，但另一顶帽子还是戴上了，这就是劳改释放犯，所以工作就始终没有着落了，只得打零工。起初一段时间是为粮管所蒸粮。什么叫蒸粮呢？就是将农民完粮来的稻谷，放到大的蒸笼里蒸煮，把稻谷的胚芽蒸死，这样稻谷就不会发芽，便于收藏。为此，粮管所专门成立一个蒸谷组,大约十几个人,当然都是季节工。蒸谷的劳动强度是很大的,出仓、蒸煮、翻晒、进仓,每个环节都是重体力,而且灰尘很大,泥尘和谷毛混合呛入口腔鼻腔,深入肺部,尽管用加厚的口罩,擤出的鼻涕都是黑的。为此,蒸谷组人员每个月都能配给到一斤红糖。1960年以后,他专搞货物运输了。1962年,三年困难时期,他以社会闲散人员被"挑重担"下到农村,从此没有城镇户口,开始吃黑市粮。这样,直到改革开放,镇办企业兴旺,他也年纪渐老,被安排进了梅七镇印刷厂,不久就退休了。

诸凤根

诸凤根是我的母亲。她幼年随父母摇一只蒲鞋船从苏州来到梅七镇。起初落脚东街的渡船桥,后来搬到庵前街。十八岁之前帮父母糊布佰,天天双手粘在糨糊里,每天要干完一大钵头糨糊的活儿。糊布佰用的糨糊因为要它起燥快,使得晒干后的布佰针线容易通过,调制糨糊时要加进一定比例的生石灰水,因此冬天的时候两个手会开裂流血。但开裂流血照样得工作,只好用胶带将开裂的口子粘住。彩英姨来后不久,也学会糊布佰,两个人糊,收入自然增加了。饶是这么辛苦,还常常吃了上顿没下顿。为什么呢?因为她的父亲、我的外祖父诸小多吸食乌烟——就是鸦片。这老头每天都要去乌烟墩——即鸦片馆——吸二两乌烟。当时梅七镇的乌烟墩设在一家混堂(浴室)里,据说环境相当恶劣。我没有见到这位外祖,他五十来岁就去世了;见过他晚年一张小照,满头白发,眯缝着眼睛，神色抑郁，看去就像七八十岁的样子。他的早衰和早逝，应该和吸食鸦片大有关系。我后来问母亲，你们家这么穷，外公怎么还吸食鸦片呢？我母说，那时吃鸦片是很平常的事，就像现在吃香烟，有钱人吃，穷人也吃。一旦吃上了瘾，想戒也戒不掉了，到时候呵欠连连，眼泪鼻涕直流，比死还难受。

我母十八岁时经苏州她的小舅介绍，进苏州一家叫作苏纶布厂的工厂做工。半年徒工，满师后每月可挣五元钱工资。她除了一二元伙食费等开销，剩下的就攒起来，过个两三月回一趟家，就把钱交给她父母。和我父一样，"八一三"后，工厂倒闭，她也就从苏州回到梅七镇。数十年后，我家还保存着当年她做工时的一个土黄色"经折"——记工手册，一只当年使用的铝制饭盒，饭盒上有压制的十个隶书大字：一粥一饭当思来之不易。

新中国成立后，由于我母的穷苦出身，被人民政府选为土改代表，胸口别了鲜红的代表证，三天两头出去开会。后来镇上成立文工团，她因为会唱越剧，又被吸收为文工团员。那时文工团配合政治宣传土改，我印象最深的是文工团演出越剧小戏《秦乐正》，我母主演秦乐正。这戏是由北方一个同名地方戏移植的，剧情很简单：中农秦乐正受地主蛊惑，以为自己也要被清算，因而对土改抵触乃至逃亡，后经土改工作队帮助，揭穿了地主的挑唆阴谋，认识了错误，积极投入土地改革运动。因为是简单的移植，所以角色的穿着打扮仍照北方的样子，我记得秦乐正就戴一顶高耸的深赭色毛皮帽子。

我的母亲热情很高，白天黑夜在戏台上排戏。一天，家里米缸空了，我父跑来跟她说，她说你先去隔壁兰家借一升吧，便又乐呵呵地继续排戏。

我父出事后,家里的生活全仗她糊布佰来维持。我已经上学了,书费一元五角,杂费三元五角。书费外,杂费困难家庭可以申请减免,我家虽然困难但连申请的资格也没有。缓缴是可以的,要写缓缴保证书;到时缴不上,常常被老师留下来催讨。催讨时,当然不会有好的脸色。

布佰的销售是越来越低迷了,因为那时塑料鞋已经悄然上市;后来除了"高添源"等一两家鞋庄过个三五月要百把张,门庄是很少有人光顾了。在万般无奈下,我母只好寻短工了。那一年的夏天,她和几个镇人受雇于东乡草鞋桥一家中农,削毛豆地,工钱是每天七角。规定每天天不亮去,削地半垄天色甫明,就有东家送早饭到地头。晚上要到天黑才回家。我母说,削豆地虽然辛苦,热辰里——中午十二点到下午两点——也不能歇热,因为越是毒的日头越是要快削,这样,削掉的野草立时就会被晒枯。削地的人那真是汗流如雨,连布衫都湿透,人就像从河里捞上来一般,但是倒也开心。一同干活儿的人中,有一个男的很会说笑话,如果一不小心削掉一棵豆秧,那男的会过来把那棵豆苗埋到土里,说,这是棵雄的。

我母去草鞋桥打工的日子,外婆一早就来我家照顾我,直到天黑我母回家她才离开。有一天天早就黑了,我母迟迟不回,我都急得哭了,外婆就携着我出门往东迎我母亲。从庵前街折向东北,走完一整条众安桥街到花园街,再折向东到横板桥,又折向东北到渡船桥,走完仓前街,过了油车桥再折向北,已经落乡了,仍不见我母的踪影。外婆喃喃自语,今天怎么了?说着已走在十景塘边了。黑魆魆反闪着青光的十景塘面,幽深诡秘,我们更加害起怕来。正在这时,远远的升平桥上影影绰绰下来一个人，走进了才看清，是我母亲。我母说，今天一块犄角地到收工时还没削完，明天要换一块方向不同的地了，东家要求把它削完，所以迟了。

削地只是短工，七天之后又没活儿干了。后来就开始变卖家具和衣物。我记得那一年，我家的年夜饭，荤菜是两角钱的七八条小鲹鲦鱼，用油炸了蘸酱吃。

母亲是不容易哭泣的，我的记忆里，之前似乎从未见她哭过。可就在那一年的年脚边，我让她伤心落泪了。好像是腊月廿三这天，别人家都在烧赤豆糯米饭，预备送灶君上天，我们家当然什么也没有。这天傍晚，我不知为什么，拿了个小瓶子去梅匏生家河埠捉小鱼，身子刚刚蹲下去，屁股在陡窄的石级上一磕，人就往水里扑去，还好，赶紧跨出一个脚撑住了。结果一条裤管全湿透了。回到家里，母亲正打点要卖的旧衣物，见我那一副狼狈模样，就放下衣物，赶紧替我收拾。我只有一套冬衣，只好把湿棉裤脱了，让我上床去捂着。她生了一盆火来为我烤湿裤子。正在这时，我的班主任夏老师来了。夏老师叫夏月英，是我姑父的自族，我们也算沾了一点点拐弯亲；她叫我母三舅妈，我母则称呼她月小姐。夏老师那时大约三十出头。她是来家访的，带来了我的期末成绩报告单。因为是亲戚，她就不讲究说话的方式，就直接告诉我母，说我上课不用心，老爱做小动作，所以成绩不好，其中一门算术还挂了红灯，才五十八分，让我母在寒假里督促我用点功，开校时补考。送走夏老师后，母亲哭了，哭得很伤心。我现在体会到，她是绝望了。你想，丈夫正吃官司，家里生活又穷困无着，儿子还这么不争气，不上进。我那时真是混沌没志气，面对悲伤的母亲我无言以对。真真是懵懂顽童啊！

转年的早春，有一天，庵前街9号的有宝孃孃路过我家门口，顺嘴和我母说起她在嘉兴军分区一家解放军干部家当保姆，我母听了心中一动，就请她帮忙留意，如有需要保姆的人家，她也想出去帮佣，说家里实在没有活路了。有宝孃孃是个热心人，就爽快地答应了，说玄珠也在那里帮佣，说她就是玄珠介绍出去的。

不久，有宝孃孃带来口信，说正好有一家解放军干部家的保姆走了，要雇一个新的。于是我母就去嘉兴当保姆了。她求我外婆住到我家，用现在的话说，请她老人家来做我的监护人，外婆一口答应了。

我母非常珍惜这一份在当时是低人一等的佣妇工作，毕竟每月有了固定的收入，尽管收入低，但可以养活我们母子二人了。

她的工作主要是带一个四岁的小女孩，同时做一些家务活儿。东家——我母背后称他们老板，夫妇都是军分区干部，那女干部和我母同岁，那一年三十三岁。这一家夫妇人都很好，对保姆很客气，从不颐指气使。那男干部晚饭爱喝一点小酒，他常常会拿了一个空酒瓶，笑着用商量的口气对我母说："阿姨，请你去给我打半斤酒。"

母亲在嘉兴做了几个月后，东家调动工作了，他们要上调到位于杭州的浙江省军区工作。由于我母孩子看得好，人勤快，他们使用顺手，而女干部又有了四五个月的身孕，就要求我母能跟他们去杭州，我母同意了。

省军区家族院在南山路，紧傍西湖，不远处就是省气象台。那时省军区似乎没有食堂，各家差不多都自己开伙；保姆们就去气象台搭伙。这时候母亲看的小女孩已可以上幼儿园了，老板之所以继续雇她，主要是待第二个孩子生下来后接着看。在此之前，她的工作是：早上送女孩去幼儿园（晚上不用接，她父母下班顺道带回家）、打扫卫生、洗衣、烧三餐等。每天清晨，她起床后先打扫卫生，然后准备早餐，之后，自己去气象台食堂打早饭，回来后伺候女孩梳洗、吃早饭，她自己也匆匆吃了，然后送女孩去幼儿园。幼儿园离军区家属院很远，在岳坟那边，要坐两站公交车。走前，东家会给母亲两毛钱，正好是来回的车费。因为是上班的早高峰，有时候车特别挤，上不去，我母就背了孩子去幼儿园；送完孩子回家，我母就把没花掉的两毛钱交还给东家。东家说，这钱原是给你坐车的，你没坐，这钱就是你的。我母说，我既然没坐车，这钱应当归还，坚持交还。母亲的诚实本分赢得了东家进一步的信任。据说，从前上海的富人雇用用人，故意把一些零钱放在旮旮旯旯，像是丢失的样子，看用人拿不拿，要是拿了，他们会毫不留情地将之辞退。我母说，现在解放军干部也一样，她在嘉兴时，有一家的保姆就是这样被辞工的。像我母这样的保姆，该拿的钱也不拿，所以，东家对她非常放心。母亲不但诚实，而且勤劳，她终日不让自己空闲，分内事干完了，她还帮女主人织毛衣。

省军区家属院保姆不少，其中一个叫招弟的杭州本地人与母亲最要好，许多年后，我们家墙上的相框里还保留有母亲和她的一张合影。那个招弟扎了两把扫帚辫，比我母年轻，那时怕还不到三十岁。

在杭州的日子，母亲说她无时无刻不惦记着家里，惦记我，惦记还在服刑的父亲，扳着手指计算他出狱的日期。她说白天事情忙还好一点，一到晚上更深人静的时候就想得厉害，有时辗转反侧直到天亮。

母亲说,她在杭州也感到特别孤独,因为举目都是客边人。有一天,她上街买东西,在西湖边竟然遇见了镇人岳更时。

岳更时名昌烈,更时是他的字,他是清末最后一茬的秀才,旧学根底很深,又通英文。早年间他曾在绍兴、吴兴、嘉兴等处的中学任教,因为生性耿介,行事又有些怪癖,后来就失了教席回到梅七镇,靠变卖家产度日。渐渐地田产卖尽,家具衣物也当空,只好变卖唯一存身的房子。房子破旧,无人肯要,他就拆开来零卖;今日揭几十上百张瓦,明天拆几十根椽子,到后来,一幢房子只剩下一堆乱砖。无处存身了,好心人就将大街一家书场旁边的弄堂里一间几平方米的破旧小屋送给他居住。他身材颀长,灰黄干瘪的脸像一张揉皱了的连史纸,头略扁,微秃,一张老公嘴儿老是一努一努。他穿一袭灰布长衫,一顶掉光呢的黑呢礼帽,脚上一双黑色尖头皮鞋却是贼亮贼亮。他常常挟一本黄堂砖一样厚的英文书去茶馆,选一张临街的茶桌,八分钱买一壶沫子祁门红茶,一边喝茶一边打开英文书高声朗读起来。他读英文很投入,摇头晃脑,声音有点尖,在我们小孩听起来"喔嘘喔嘘"的好像在赶鸡。

岳庚时整天沉迷书中,又一事无成,被认为是书痴书毒头,所以镇人背后都叫他岳毒头。20世纪50年代时,岳庚时已六十开外,生活濒临绝境。一天,他在翻阅家藏的几十册古籍时,发现了一本罕见的宋版书,便写了一篇洋洋洒洒的考证文章,连书带文章寄给了浙江省文史馆。半年之后,居然得了一线生计,被聘为浙江省文史馆馆员,每月有三十元的工资收入。于是他每月去一次杭州,一是领取工资,二是交一篇文稿

（这是他的任务），顺便游玩一下西湖。他的游西湖纯粹是游玩，非有马二先生的雅兴。那天在柳浪闻莺附近，我母竟然遇见了他！

在梅七镇时他们从未接近过，更不要说对话了，可是在异乡遇见就觉得非常亲切。我母主动上前与岳先生打招呼。岳当然不认识我母，但他们在西湖边谈了起来。谈些什么母亲没说，无非是了解了解镇上的一些近况吧，总之，他们谈了很久才分手。

母亲这一段保姆生活，四十年后成为我的长篇小说《情事陈迹》的一部分素材，而那个招弟就是小说里蒲儿的原型。这连我自己也感到非常吃惊。

在杭州大约待了一年，东家又调动工作了。这回远了，要去四川。东家两口子再三要求我母一同去四川，母亲说四川太远了，说家里还有个儿子，她怎么能放心呢？东家说，可以把儿子接过来，四川也有好的学校哇。话说到这份儿上，母亲有点情面难却了。恰在此时，有一天她送孩子回来，路过六公园附近时遇见了彩英姨。彩英姨那时已调任县妇联主任，她丈夫郦政委也已转业，在宁波国营玻璃厂任党委书记。彩英姨已有三个孩子，大儿子建斌才四岁，底下两个儿子是双胞胎，叫建军、建伟，由保姆带。但这个保姆又懒又馋她很不满意。知道母亲的情况之后，彩英姨说："四川太远了。姐，要不你回来帮我带孩子吧，我不会亏待你的。"母亲当下就答应了。

我母离开杭州，东家两口子一再表示惋惜，为此他们多给了她半个月工资。

我母回来后就去桐城彩英姨家——总还是保姆吧，尽管她们依然姐妹相称。

我从小就叫彩英姨阿伯。梅七镇人称姑妈为阿伯,我其实应当叫她姨的,称姑是表示关系亲近。说起来,阿伯一直很"舌甜"我的。我七岁那年不慎跌破了头,是她和母亲两个人整夜轮班一眼不错地守候了一个月,因为医生说一定要保持侧卧让伤口向上,如果一翻身压到伤口,有可能危及生命。她参加工作有了工资,过一段时间会在晚上来我家坐坐,和我母亲说说家常,临走,她会掏出钱包往桌上兜底一抖,然后将五元十元的大钞拾起,其余一元和一元以下的毛票都给我。

我母到彩英姨家帮佣后,我去过她家两次,两次的印象都很深。第一次是春节,是我母特地回一趟家来接我的。那时桐城全县尚无公路交通,梅七镇去桐城只有坐船。坐轮船要从十景塘出去,经镇北十余里外的运河再绕到桐城城北,上岸后还得走上二三里入城。这么一圈兜下来得老半天工夫,所以一般人去桐城就宁肯走,我们也选择走。那时梅七镇通桐城是一条荒废的老公路。据说这条公路是日军占领杭嘉湖一带时修筑的,还在公路南侧修造了一个碉堡。碉堡早被炸毁,但断垣残壁还在,上面爬满了蓬蒿和野草;几处缝隙里还生长了几丛像蔷薇一样带刺的灌木。春天的时候,灌木长满了红红的果子,果子有纽扣那么大,由米粒一样的小粒攒成,包在绿色的萼盘里,非常可爱。这果实吃起来酸酸甜甜,很是好吃。后来读到鲁迅的《从百草园到三味书屋》,我方悟到,这野果子也许就是覆盆子吧,我们镇上的孩子常常跑去采摘来吃。

我们上路的时候,太阳已经偏西。母亲穿了一件她在杭州做的当时流行的列宁装棉袄,蓝色卡其布的面料,橘红色绒布里子,掐腰,有铝扣的腰带。在那时的我们看来,这是件相当高档的衣裳了。老公路因为废弃经年,长满了杂草,其中最茂盛的数苍耳，走不上一段路，两个裤腿上就粘满了带刺的苍耳子。在苍黄的冬阳下，我们默默地走着，淡淡的影子拖在身后，一时间，我与母亲似乎有了疏远的感觉。这感觉让我觉得非常陌生、非常奇怪。

彩英姨家在武庙街一幢厅楼上。这厅楼坐西朝东，石库门是个门楼，进石库门是一个小小的石板天井，天井后面就是厅楼，左边是厢楼，右边是院墙，墙外是一条河的河湾。彩英姨住楼上两间房，一间是起坐间，我母的一张小床就打在板壁下；一间是卧房，有一张大的铜床，靠墙立着一个老式雕花重橱。我们一到，彩英姨就打开重橱，拿出糖果、花生和饼干来叫我吃。

原来厅楼和厢楼以及门楼相通的，是走马楼，只是门楼比厢楼低了一截，进入门楼要下一个木制的踏步。彩英姨说，门楼的小房间做了县广播站，全县所有广播喇叭的声音都是从这间小小房间发出去的，这让我感到非常好奇。一天晚上，她带我去参观广播站。轻轻推开门，只见房间真的很小，怕才有七八平方米吧，除了两张半桌、两把椅子，连转身都很困难了。桌上并排放了两台机器，还有一个用红布包起来的话筒；机器上有一排红红绿绿的按钮，按钮亮着微光，闪闪烁烁的。我们去的时候，房间里有一男一女两个年轻人：女的是播音员，男的听彩英姨叫他小钱。我们进房时，正在转播中央电台的新闻，这一男一女挨坐在一起，正唧唧哝哝说着什么，一副亲昵的样子。后来彩英姨告诉我们，小钱不是广播站的，那时他正跟女播音谈恋爱呢。

人的记忆真是奇妙到不可思议，这样一次极偶然的相遇，几十年后在政协的一次活动中当我见到一个老头时，居然立刻认出他就是当年在那个小小广播站里和女播音员谈恋爱的小钱。那时他早已退休，我很冒昧地跟他说起前尘往事，他瞪大眼吃惊地说："是呀，20世纪50年代初我是常常在晚上去那间小小广播站的。"

除夕晚上，桐城中学（就是现在的桐城一中，那时整个桐城县只有这一所公立中学）的大操场有烟火表演，彩英姨带我们母子一同去看烟火。我已经记不起三个孩子是怎么安顿好的，总之，我们三人去了。

那时的烟火跟现在的烟火，完全是两个概念，推想起来，大概与张岱在《陶庵梦忆》里写的兖州鲁藩烟火比较接近吧。张岱写道：

殿前搭木架数层，上放"黄蜂出窠""撒花盖顶""天花喷薄"。四旁珍珠帘八架，架高二丈许，每一帘嵌孝、悌、忠、信、礼、义、廉、耻一大字。每字高丈许，晶映高明。下以五色火漆塑狮、象、橐蛇之属百余头，上骑百蛮，手中持象牙、犀角、珊瑚、玉斗诸器，器中实"千丈菊""千丈梨"诸火器，兽足蹑以车轮，腹内藏人。旋转其下，百蛮手中瓶花徐发，雁雁行行，且阵且走。移时，百兽口出火，尻也出火，纵横践踏。端门内外，烟焰蔽天，月不得明，露不得下。看者耳目攫夺，屡欲狂易，恒内手持之。

那夜大操场的烟火，当然没有像张岱说的那么瑰丽繁复，内容也完全不同，但也是数层木架，木架上设置的飞机、兵舰、镰刀、斧头，还有老虎、狮子、鲜花、稻浪等，点燃之后，火花四射，诸景诸物竞相辉耀，却同样绚丽多姿，让人叹为观止。

　　看完烟火回家，已是深夜。彩英姨便点燃一只蓝底白花的搪瓷气炉，煮了两个水潽鸡蛋给我吃。那时候，气炉属于高档燃具，只有大城市才有，小城镇的人是连见也没有见过。气炉燃的是煤油，十二根灯芯，碧蓝的火苗滚紧，很旺，几分钟蛋就熟了，且无烟无臭，令我十分惊奇。心想，要是我家也有这么一台炉子就好了，做菜煮面多方便哪。但是我又肯定，这炉子一定非常昂贵，不是像我们这样的人家可以奢望的。为此，我感受到了彩英姨家的高贵与富足，不由得生出些许羡慕之意。

　　第二次去桐城彩英姨家，她家已搬至东门吊桥外人民银行里面的厅房。那是一幢大宅院，银行只占了两楼两底的门面。彩英姨家住二进厅房的楼上，比原先武庙街的房间大很多，却是深宅大院，日照很短，终日阴沉沉的。这次印象很深是彩英姨给了我许多连环画小人书，都是些旧书，有些连封面也掉了。这些书绝大部分是武侠书，画法很古拙，比如河里的波浪画得好像一片片叠起来的瓦片。

　　就在我母在彩英姨家帮佣期间，我父被释放回家了。他便要母亲辞工回家，说自己好容易回来，渴望有一个像样的家。其时彩英姨已打报告要求调往宁波，正在待批，有消息不久就会批准，意思希望母亲至少做到她去宁波。但是我父很固执，坚决要求我母立刻回家。我后来才知道，父亲的固执另有原因，就是他认为他遭受的这一场冤枉，起因是彩英姨不肯答应华宝才，因而父亲一直迁怒于她。但母亲终究不忍心遽然离开，使彩英姨为难，好在请调报告不久就批了下来。送走彩英姨后，我母回到家中，从此离散四年的一家三口重新团聚了。

梅兆林

梅兆林是我的叔父。叔父排行最小,所以小名小官。打我记事起,叔父与我家就很疏远。按说我不必在这里记他,但是他对于我家、特别对于我幼小的心灵留有怎么也平复不了的精神灼伤,所以我得破体例说一说他。

父亲和叔父是嫡亲兄弟,但长相和性格完全两样。父亲个子不高,脾气性格直率甚至有点暴躁,肚里藏不住话,为人很是热心,乐意助人;人家请托的事情,总是千方百计去做好。叔父梅兆林刚好相反,他个子高,脸上一年四季挂着笑,对人好似和气、谦卑,但是你可以明显觉出他的笑只在皮上,反而是城府深的一种表象。他年轻时不太成器,他也做树柴生意,那是我父带出来的。有一次不知什么原因,他折了一大笔生意,因债主追逼,他携了一笔货款索性一走了之。他知道有人会替他擦屁股的,果然等我父帮他还清欠债后,他回来了。回来时买了一大堆无用的东西,说是要另做生意,我记得单是吊袜带就有好几打。像这样的东西,在梅七镇这样的小镇怎么销售得出去?结果又折了本。应该说,兄长对这小弟一直是非常帮衬的,可是当兄长出事,他却不闻不问,连一句安慰的话也没有,更不要说上门来照顾嫂子和侄儿了。他甚至上街有意不从我家门前过,宁肯上新桥绕道而行。现在想来是怕受到牵连吧。

我祖母一直跟叔父一家住在石桥街夏家墙门。我父出事之后,祖母当然非常着急悲伤,有时我和母亲去看望她,说起来她总是老泪纵横。可是她无力帮到我们,只好对母亲说,实在过不下去了,可以卖家具,家具卖了将来还可以再买的。那时祖母已经七十来岁了，还在给丝线厂调丝——就是将一绞一绞的生丝用手工丝车调到锭子上去，四五天可以调一绞，挣三分钱。就是这三分钱，她还得拿出来贴补家用。

有一件事让我刻骨铭心。那是有一年的深秋，正是菱角登场的时节。那一年是菱角大年，红菱特别多，外地的、本地的，可以说堆山塞海，一斤菱才两分钱。一天傍晚，吃过晚饭后，记不起为一件什么事，母亲要我去问问祖母，我就出家门沿庵前街向东，经众安桥街，过众安桥，沿河向北，不远处就是夏家墙门。夏家墙门坐东朝西，叔父家住的是墙门内的南屋。我进门时，屋里只有祖母一人，她在昏暗的煤油灯下调丝，手扣锭子，发出"哆啰哆啰"的声音。见我进去，她很是高兴，因为我毕竟是我们梅家唯一的孙子（叔父的几个孩子全是女孩）。她立刻放下手里的活儿，说："阿囡，你来了。"叫我坐。我们谈了一会儿正事，祖母说："正煮菱呢，想来已经熟了。我盛些给你，拿回家去吃。"

这时我才见缸缸灶上那口大铁锅，高高的锅盖四围用抹布捂着。有一缕缕的白汽透过抹布冒了出来。

祖母拿掉抹布，揭开锅盖，随着蒸汽一股菱香扑鼻而来，只见煮了满满一锅的红菱，估计差不多有十多斤。祖母拿锅铲捞起一个，用嘴吹了吹，剥开，尝了尝说："熟了。"就找来一只小小的杭州篮，盛了有半篮，顶多也就半斤光景吧。

说来真巧，就在这时，叔父从外面回来了。他一见什么也没说，走过来，从祖母手里夺过篮子，只见一道弧光穿过窗户，那只盛了半篮菱的篮子就落到院子了。篮子一着地，不停地滚动，院子里就撒了一地的熟菱。

祖母和我都一下子愣住了。

恰在此时，老妪王元娜来了。王元娜是叔父的岳母，在众安桥西堍摆一个小小杂货摊自食其力。她上女婿家不知何事，见此情景不由得惊呆了。

难挨的时光里，天就黑了。王元娜事也不办了，她一声不吭从灶边柴火堆里抽出几根麻梗，折成一束点燃当火把，一手举着照明，一手携着我的手，送我回家。出叔父家，只听老人家喃喃讷讷地说："小官真没良心哪！"一路走一路不停地嘀咕说："没良心，没良心，真没良心……"

还有一件事也令我终生难忘。那是我父刑满释放后，我母尚在彩英姨家帮佣，父亲一人带我，靠打零工过活。有一次，他工作的地点比较远，接连几天中午回不来，他就将我的中饭搭伙在叔父家。我记得很清楚，他买了一个很大的花鲢鱼头，烧好了，盛在一只搪瓷碗里，说，这几天你中午就吃鱼头吧。于是中午放学我就去叔父家搭伙。

吃饭的情景是这样的：叔父一家，他们夫妻，我堂妹，当然还有我祖母，围着八仙桌吃。不用说，望过去有荤荤素素好几个菜。我呢，在靠边的一张板桌上吃，一碗饭，一碗自带的冷鲢鱼头。祖母大约不忍吧，她走过来拿筷子揭掉鱼的腮骨，说，小孩子不可以吃鱼面颊骨的，吃了，将来要看丈母娘面孔的。

按一般常理，亲侄子搭几天伙，也该在一张桌子上吃吧，至少也该盛一点你们家现做的热菜吧，尽管我父给我准备了一个菜，那是冷的。但是他就让你在一边吃，而且只吃你自己带来的菜。祖母让我不吃鱼面孔，为的是长大以后不看丈母娘的面孔，可我现在就看叔父的面孔了。

这个鱼头我一连吃了三四天，直到离开，到后来，已没有了鱼的味道，剩下的只是满嘴的腥气。

骆丽娟

严格说来，骆丽娟不能算庵前街4号的住户，她和她丈夫租住在众安桥街2号章贵忠家后楼上的一个房间。因为庵前街和众安桥街好比正方形相邻的两条边，章贵忠家的后门和我家的后门都通梅七镇剧场，所以骆丽娟一家上街大多时候穿过剧场从我家进出。因此，她家也可以算是准庵前街的居民。

骆丽娟在当时，可是梅七镇上的一位名人。她肤色阴白，意态温婉柔媚，有小家碧玉的风范。她受到镇上许多人的趋奉，人在她面前会不自觉地现出一股贱相，尤其是青年男子。之所以如此，除了她的美貌，还有她的身份。其实，她的身份并不高贵，相反，十分常见——她是太平巷鞠氏望族的一个小妾。基于小镇居民对望族的尊仰，望族的美妾自然就被高看一眼。后来骆丽娟离开鞠家，重为自由之身后，成了许多单身男子追求的目标，她的身价似乎更高了。

说起骆丽娟的身世，其实是非常可怜的。她出生在东阳义乌的一个穷山沟里，七岁时被卖到海宁硖石一家开药房的富户当丫鬟。十六岁时，梅七镇太平巷鞠府的一位老爷去那家药房办事，偶然瞧见了她，就被迷上了。在主人的招待宴上，他流露出有意于骆的意思，主人就慷慨地将骆奉送给了他。那时鞠老爷已四十出头了，两人相差二十多岁。

骆丽娟进入鞠家之后，自然成了鞠老爷的专宠，在日常生活里免不了发生一些妻妾之间的龃龉。好在不久新中国成立，国家颁布了新婚姻法，实行一夫一妻制，骆丽娟就萌生了离开的念头。

不久，她便正式提出离婚了。因为适逢其时，政府支持，鞠家也没有话好说，没费什么周折，手续就办下来了。离婚之后，她虽没有马上搬出来住，但已经是自由之身，很快便融入了社会生活，一时成了梅七镇上关注的热点。我就见过那时的她，青春洋溢的样子。记得有一天晚上，我随母亲去太平巷居委会开会，进门厅后，见许多妇女聚成一堆，在朝门口指指戳戳，还轻轻地说："骆丽娟，骆丽娟。"这时我见门外进来一个丽人，二十多岁年纪，穿一件粉色细绒线开衫，袅袅婷婷。她就是骆丽娟。

几个青年男子上前去跟她搭讪，她态度娴雅，对答从容，却呈现出一种无形的矜持，使得男人们反而有些拘谨。她的确美丽，在妇女堆里，有些鹤立鸡群。

大约是1952或1953年吧，她与木匠齐叙明结了婚，新房就租在章贵忠家后楼。齐叙明是南日晖桥人，白净、清俊、温文尔雅，似乎堪配骆丽娟。他们结婚后过着平静的生活，白天齐叙明去椿作社工作，骆丽娟在家操持家务，一日三餐夫妻对吃，恩恩爱爱。那时候会议多，晚上齐叙明隔三岔五要去单位开会，寂寞的骆丽娟会摸黑穿过剧场大厅来我家，与我母亲闲聊。她的身世就是通过这些闲聊，才使我们了解的。在她们聊天时，一般我就偎依在母亲身边。一灯如豆，骆丽娟的身容受幽幽灯影的掩映，似乎比白天更妩媚。她说一口硖石方言，慢声细语。她告诉我们，她老家在东阳义乌，家里还有母亲和几个兄弟。她说她在硖石那家药房做丫头，老太太待他像亲闺女一般，就像《三笑》里华相府老太太房里春夏秋冬四个丫鬟一样。后来嫁到鞠家，虽是做妾，老太太如同嫁女儿一般，给了她一份很像样的嫁妆。老太太说，我们绝不能叫鞠家人看轻慢，这样，你在鞠家的日子就好过多了。她说，鞠家老爷待她真是天地良心地好。他的正妻虽然有点嫉妒刻薄，但大面子上还算过得去。她说，她离开鞠家，一是迫于形势，二是自己的确也想自立，可真到有一天要离开了，还是觉得有点亏欠和留恋的。

"离开鞠家之后，本来不考虑马上再婚的，心想总得一个人清静一段日子吧，想不到，第二天就有人上门来提亲。此后，陆陆续续又有好几拨人来说媒，我就不好沉默了。心想，再婚是迟早的事，既然找上门来，那就认真考虑考虑吧。考虑的结果，觉得有两个人都很不错，一个是梅七镇小学的老师崔思凯，一个就是齐叙明。后来选择叙明是因为他比崔老师提亲在先。"骆丽娟说。

齐叙明待她也的确是好。他们夫妻恩恩爱爱几十年，从来没有红过脸，骆丽娟总算获得了美满的婚姻。但是美中尚有不足，骆丽娟没有生育。齐叙明虽然没有责怪的意思，但没有孩子终归是太萧索。后来他们从外地乡下领养了一个男孩，那男孩长得虎头虎脑，很是健壮，却有一个缺陷：一个眼睛的眼球上有一粒星，也就是翳。据说这孩子原名叫狄牛，名字与形象倒十分匹配；骆丽娟替他改了名，叫建荣。

庵前街5号

兰林甫伤科诊所·诸吟耕住宅

兰阿炳

兰振坤是兰林甫老爹的长子,振坤是他的官名但不大用,大家都连名带姓叫他兰阿炳,我们小孩子就叫他炳伯。他还有个绰号叫大烟管,不知什么出典,悬揣起来,大约是因为他说话直,不世故,有时又不着边际,像烟管冒烟。那时他正值壮年,是兰姓伤科的传人、兰林甫伤科诊所的掌门人。但是他的医术实在平常,所以业务非常清淡。他的形体像他父亲,一个字:瘦。夏天的时候,在家他也打赤膊,下身也穿白纺绸半裤;与他爹不同的是,他腰里不束阔布带,而是束一根栗色的皮带,皮带上挂一只栗色的皮钱夹。皮夹悬在屁股上,要用钱时,将之一捋捋到肚子上;用完再一捋,捋回到屁股上。他像他爹一样裤子束得很松,因为他用的是皮带,比较生硬,有时裤子会掉下来,他便会一激灵,迅速摁住。

上面说过,他的业务不太好,但生活似乎无忧。每天上半昼或下半昼,阿炳会提个小杭州竹篮上街。他上街主要是去买一点小食。他出家门过西,遇见几个街坊在门前闲聊,他会停下来加入谈话。他说话喉咙很响,而且拖长调子,还一边说一边吐唾沫。他常常会话说到一半,突然离开,一点过渡也没有;有时候离开一段路后,会重新返回接着说,也没有过渡。比如一次,街坊正议论修鞋匠汪品祥和他的徒工徐文惠。兰阿炳插进来说:"这个女人大好佬,嗯,大好佬。"说着走了。走出一段路忽然返回,压低嗓门儿说:"听说——她同王八妹结拜姐妹!哎,王八妹现在还在呢,听说——在英国。大好佬,大好佬,两只手会打枪呢!"说完又走了。

众人听了胃口被吊起,追着问结拜姐妹是怎么一回事,阿炳不瞅不睬,头也不回去了。众人摇头说:"这个大烟管,真是个大烟管!"

阿炳不吃酒,却吸烟。他吸烟很节俭,倒不怕费火柴,一根香烟要分好几次吸:他点燃一支烟,刚吸两三口便掐灭,放进口袋,等一会儿再拿出来点燃,再吸两三口再掐灭,放进口袋里。

阿炳的观念里似乎不分大人、小孩,对大人对小孩他都待之以诚。我上小学时写作文,遇到写不出的字去请教他,他就一笔一画地将字写在废医方的背面,一边拖着长腔教导我说:"梅亚森,哑口无言的'哑'就是你梅亚森的'亚'加个'口',也就是哑巴子的'哑'。——记住了。"或者说:"再接再厉的'厉'是没有'力'字边的。——记住了?"

我小时候有一段时间特别喜欢折扇,收集到过好几把棕竹骨的好扇子,其中不乏书画家画的,我视为珍宝。也有白纸扇面的,我想:要是也有书画家给画上画写上字多好。可是镇上几个书画家,我一个小孩子根本就搭不上话。转而一想,炳伯不是写得一手好字吗，他虽称不上书家，要是能为我题些字在扇子上也不错呀，于是我拿了一把扇子去找炳伯。炳伯倒没有书家的架子，见有人请他写字有点受宠若惊，连连说："好哇——好哇——"又说这会儿他不得闲，一会儿空了就写，晚上你来取吧。

到了晚上，我兴兴头头地去取货。炳伯从抽屉里拿出扇子，展开来让我欣赏他的书法。我将目光扫到扇面上，不由得大失所望，只见上面题着四个豆腐干大小的正楷：

工农联盟

见炳伯张着嘴一副等待夸奖的神气，我只好说："蛮好，蛮好。"

炳伯是很爱干净的。他有个习惯，大便不愿在净桶上解决，喜欢到新桥塥的一个公厕里完成。新桥塥临水的那个厕所很像样，有两进。进门是第一进，偌大一个砖地地坪，两边是相对的两排坑位，每排有八个坑座。一般路过的乡下人都在这里方便。走过砖头地坪是第二进。第二进临河，比第一进低半米样子，由两级踏步下去。第二进也是两排坑位八个坑座，是一字排开的。因为临河，既幽静又清亮，本街居民常常光顾，称之为"雅座"。

那时候厕所都是坐坑，炳伯嫌脏，所以，他就像鸟儿一样歇在坑位的坐槛上方便。有一次，我们一帮孩子也去"雅座"拉屎。进去见了炳伯这副样子，觉得稀奇极了。只见他一个灰蓝色的大卵脬和一根同样灰蓝色的大阳具像老式时钟的钟摆一样挂在两腿之间，不免指指点点地议论，炳伯一点也不觉得难堪，只是笑笑拖着长腔说："有啥好看哪，你们长大了也是这样的。"

生生说："你的卵蛋怎么会是蓝色的呢？"

炳伯说："哦，蓝色的？恐怕是单雄信投胎来的。嘻嘻！"

当时我们也不知谁是单雄信，后来才知道是隋朝末年的一个英雄。京剧《当锏卖马》里的单雄信，脸谱是深蓝色的。炳伯就这么来调侃自己。

炳伯终身未娶，后来过继了弟弟光汉的次子兰银，以为老来依靠，所以二毛兰银从小到大一直由炳伯供养。可惜炳伯无福，兰银长大后在长兴西山煤矿工作，因恋爱受挫，一时想不开，竟用一根裤带将自己吊死在山上的一棵树上了。

兰光汉

兰光汉，小名生官，是兰老爹的幼子。不知道他小炳伯几岁，看起来比炳伯年轻许多。他长得也很瘦，比炳伯矮小，很精干的样子。不知道为什么，他没有承袭家传的伤科医术，不学手艺不经商，靠一双手打零工度日。光汉叔很勤劳，成天出出进进地忙碌。他的妻子是乡下人，叫生宝，人高马大很健壮，却成日一副提不起精神的样子，给人懒婆娘的感觉。她有时候在自家门口倒扣一个箩筐，箩筐上放一张木盘，盘里排列着切成薄片的白心生番薯，两分钱一片，卖给上学去的小学生。

光汉叔生性冷淡，不爱说话，也不合群。街坊有时找他，他也只是有事说事，问一句答一句，好像他生活在生活之外。

其实,光汉叔是个很热心的人。记得七岁那年夏天的一个晚上,我不小心从楼梯上跌下来跌破了头,就是光汉叔奔跑着抱我到医院抢救的。

那一年的夏天特别炎热,老人们说几十年好像都没有遇上过,连续数天气温都近四十摄氏度。白天整个一条庵前街白灼灼、静寂寂,不见一个人、一条狗,好像遭了洗劫一样。只有到了晚上才缓过劲来有了生气,特别是新桥上欢声笑语挤满了纳凉的大人孩子。

出事那晚,我和小伙伴们玩追山老虎的游戏,桥上桥下地互相追逐。忽然要大便了,便让母亲陪我回家去。我因为心里还惦记着游戏,大便就很匆忙。解完之后,就抢先下楼,母亲还在关房门,叮嘱我说:"阿因,当心。"她的话音未落,我一脚踩空,人就从楼梯上倒栽了下去。我家的楼梯间是很逼仄的,因此楼梯很陡,差不多与地面呈六十度的倾斜,加之楼梯下的地面铺设的是方砖,从楼上跌下去,脑袋一下就磕在方砖上,可以想见会是什么后果。事后证明,我的脑袋是够坚硬的,居然在头破血流的同时,将方砖磕碎了一个角。

且说母亲听见一声钝响,知道坏事了。她慌忙下楼将我抱起,一边用手拼命摁住我的后脑——她无端认为我跌破的是后脑。她飞快地奔跑到隔壁兰家诊所,想去讨一点红汞搽抹伤口。炳伯赶紧移过美孚灯,捻亮灯芯,尚不及细看,只听光汉叔一声惊叫,立刻从我母手里将我抢抱过去,转身跨出门槛,一路奔突,来到众安桥堍李寿时医生的西医诊所。

原来我跌破的并非后脑,而是头顶偏右的脑壳;也不仅仅擦破一点皮,而是一道约两三寸长的口子,鲜血淋了光汉叔半条胳臂。因为伤口大,缝了十几针后,我两眼一翻昏死了过去，慌得护士李太太连强心剂也无处拿了。

那天我父正好外出不在家，母亲早已吓得双腿发软，连路也走不动了。要不是光汉叔及时送我到医院，真不知会是什么后果。事后我母去谢光汉叔，光汉叔也只是淡然一笑说，没什么。这就是光汉叔。

兰祥官

兰祥官是兰老爷的次子。我没有见过他，因为我记事时他早已经死了。他不是病死的，而是被冷枪打死的。怎么一回事呢？据说这个兰祥官也不愿学习本家医术，更不愿做工，整日里游手好闲，喜欢在杂牌军里鬼混。后来他参加了汪伪的"和平军保安队"。保安队驻扎在新桥河南岸公义当①，兰祥官就天天待在当房②里。1942年六十二师联手张鹏飞部队准备消灭"和平军保安队"。六十二师是正牌国军，张鹏飞虽是土匪，但那时以杂牌军入国军编制，所以他们的联合行动也算是抗日的一个举动。据说六十二师的师长是个瘸子，出行、打仗由勤务兵用竹椅抬着。他们悄悄驻扎在新桥东边一家民房的楼上，那楼的一个窗口正好直对当房楼房的一扇东窗。一天清晨，兰祥官见六十二师一直没有动静，以为他们已经开拔，就打开东窗朝这边张望。不想刚一探头，一梭子弹就扫了过来，他的半个天灵盖就飞到了窗棂上。后来尸身是在保元堂收殓

---

① 公义当：名叫"公义"的当铺。
② 当房：当铺的货房。

的，据说头肿得像笆斗一样大。

兰祥官没有结过婚，他领养了一个女孩，女孩名叫阿进。祥官死后，阿进一直由祖父母抚养。我八九岁时，阿进已有十二三岁了，是个很文静很阳光的女孩。她理了个童花头，穿一双黑色的搭襻皮鞋，成天高高兴兴的样子，一笑就露出两排洁白整齐的牙齿。她和画家贾咏沂的女儿贾密云很要好：她俩大约是同学吧，贾密云常常来兰家玩。有一年春天，兰家天井东边矮墙上的几盆凤仙花开得很旺，两个女孩子便采集了许多花，放在一个瓷钵里捣烂，挤出花汁染指甲。她们拿火柴梗缠上棉花，蘸了花汁一个指甲一个指甲细细地涂抹。涂完一遍，翘起手指在阳光里晾晒，待干了之后再涂第二遍、第三遍，直到指甲在艳红中放出银光。真是好看极了！

阿进的手很巧，一次她翻出一叠簇新的民国旧钞，旧钞的纸质很厚实很光鲜，上面有孙中山的水印像。阿进将几张旧钞粘连起来，折成"经折"（一种像手风琴琴叶的袖珍账册）的形状，再将一端用一根红绳扎住，又在折纸的两边用两块长条的硬纸板固定住，将硬纸板翻转合上，便成了一把花色的团扇了。

可是有一天我突然发现阿进不见了，问了先生娘（她祖母）才知道她去南京姑姑家了。她姑姑叫祥宝，早年嫁去南京，我只见过一次。有一年夏天，我去兰家玩，见一个很白净的女人坐在天井里的一张藤躺椅上，面颜很像光汉叔，就知道她就是兰家的大姐祥宝。印象比较深的是，这祥宝穿一双方口搭襻皮鞋却不穿袜子，露着的脚踝分外青白。

阿进从此就一直生活在南京，似乎再也没有回过梅七镇。现在健在的话，怕快有八十岁了吧。

诸吟耕

诸吟耕是我舅父，他原本叫诸银根，吟耕是他后来自己改的。舅父十二岁时被送到马塘镇学理发，满师后靠我父亲资助，在众安桥街开了一家光明理发店。理发店唤了两个朋友（伙计），又收了一个学徒。他虽是老板，但也仍然工作。理发店有四张理发椅子：第一张椅子许师傅，许师傅是丹阳人——丹阳出两行手艺，一是挂面，二是理发；第二张椅子袁师傅，袁师傅是本地西寺弄的，是个聋子，着地聋；第三张椅子空着。第四张椅子是舅父的。

舅父做生活①不巴结。他生平的爱好是拉胡琴、弹三弦、听书看戏；再就是喝酒。为此，外婆常常会苦口婆心地规劝他，嘀嘀咕咕地抱怨他。她说，你做生活巴结一点，不能老将主顾让给朋友做。你以为你是老板，横是有拆账，你拆得的三成，要用来开销吧？肥皂、毛巾、柴火要买，轧剪、剪刀要磨，椅子坏了要修。可是舅舅听不进去，有时候听烦了还发脾气。记得有一次吃饭的时候外婆又唠叨了，他一声不吭拿起饭碗猛一下砸到菜碗里，几个碗都碎了，汤汤卤卤狼藉一桌子。

其实舅父的懒不是真懒，骨子里是他不情愿做一个剃头匠。他喜欢音乐、戏剧和评弹。他拉得一手好胡琴，三弦也很棒，京剧越剧的文三场武三场②他全会。20世纪50年代初有一段时间，他天天晚上和当时的梅七镇中学学生贾飞云在镇图书馆里练琴。贾飞云是画家贾咏沂的儿子，受家庭的艺术熏

---

① 生活：江浙一带民间把活计叫生活，干活叫做生活。

② 文三场：胡琴、月琴、小三弦；武三场：鼓板、大小锣钹。

陶,从小就很有音乐天分,不久,他凭借一把自制的小提琴和一曲梅七镇邬记黄爵店的叫卖小曲考取了上海音乐学院,后来成为著名的音乐家。贾飞云是个很重情义的人,成名之后,不忘旧谊,每次回家乡总要到理发店来看望舅父,一次还特地带了妻子(妻子是琵琶演奏家)来见见"老诸"。

  理发店上午比较忙,因为有"乡庄";下午就空闲了,舅父坐在理发椅子上弹三弦或拉二胡,店门口便会围上一堆人听。有时候兴致来了,他也唱弹词开篇,马调、蒋调、俞调、沈薛调他都会,且声情并茂。这时店门口聚集的人会更多,舅父就很有成就感。

  舅父的文艺天赋不仅表现在音乐上,还表现在梅七镇人所谓打"地壁温"上,即题墙头诗和口号诗,他有见景起意的捷才,也就是现在说的脱口秀。下面各举一例。

  一个例子是,大约在抗日战争胜利之后,土匪头子牛松泉的弟弟牛松桥请了上海的黄金舞台、中国舞台、中央舞台和万国舞台四大京剧戏班在集秀庵戏台上演出。万国舞台演出的那天,戏目是《长坂坡·汉津口》。戏班自以为是上海来的大戏班,像梅七镇这样的乡下草镇随随便便应付就可以,所以演出很是潦草,关云长出来兜个圆场唱几句就进去了。演出结束,义路街孙家牛棚肉店的郏五宝故意说:"大家不要走,还有戏文哩!"

  牛松泉一瞪眼说:"戏没有了,走!"一边说,一边拔出手枪朝天扬了扬。

  郏五宝不买账,伸出一只手做成个王灵官结,朝牛扬了扬。

  裁衣四毛那时也在年轻气盛时,便附和说:"戏文做得这么潦草,欺侮乡下人吗?"

牛松泉当然不肯坍台,但郏五宝他不敢得罪,因为郏的主东是孙祖茂。孙家是梅七镇上的阀阅,有很大很豪华的宅院。因为他家经营肉铺,后园里有一间牛棚饲养了几头很壮的黄牛,梅七镇人戏称孙宅为孙家牛棚。郏五宝是孙家牛棚的总管家,土匪牛松泉怎敢去惹他?郏五宝不敢碰,只好拣软柿子捏。牛松泉就命手下的弟兄将裁衣四毛叉住后脖子一路奔突,冲到后面的城隍殿里,左右开弓扇巴掌。后来总算有人请来保长苏泉香,出面居间调停,才把人给放了。

事后,我舅父编了一首"地壁温":

> 万国舞台刚开场,
> 长坂坡走出关云长。
> 上头武戏不出力,
> 一个盘头就进场。
> 下底看客起闹猛,
> 要求戏文重开场。
> 牛松泉跳上台去拔手枪,
> 台下当中指头向上扬。
> 裁衣四毛勿识相,
> 指指戳戳喉咙响。
> 松泉火冒三千丈,
> 拖伊到城隍殿里吃巴掌。
> 跌煞冲煞苏泉香,
> 两条香烟打圆场。

一时,这首"地壁温"不胫而走,传遍了梅七镇的大街小巷。

另一个例子是,大约1950年夏天,一天早上,木匠长春拎了只大甲鱼到光华理发店剃头。因为店里正忙,他就顺手将甲鱼挂在门钩上,便在门边的一条长凳上坐下来,一边与师傅闲聊,一边等候。长春是萧山人,那年正好五十二岁,穿一身拷皮(黑香芸纱)衫裤,脚上一双黑牛皮拖鞋。他背靠门上,有一搭没一搭地说些鬼话。因说到年龄上,他打着萧山腔说:"活过五十一,宁可减掉一年寿,跳到五十三。"人问他为什么,他说:"年纪五十二,俗话一卵蛋。"他伸出一只手打个王灵官结,"活到一卵蛋,甲鱼团老三。"他这么说,大家都笑了。长春自己也摇摇头笑了。可是刚咧开嘴笑到一半,忽然僵住,嘴咧得更大了,嘴角都快牵到耳根上,并且发出一声怪叫,身子不由自主跳了起来,连忙用手去抓自己的耳朵。这时人们一齐回头朝他看去,只见他的左耳轮被挂着的甲鱼咬住了。

长春疼得跺脚,那甲鱼就是咬住不放。众人一边笑,一边过来帮忙,却是毫无办法,那甲鱼就是不松口。最后还是一位躺在理发椅上刮脸的老者笃悠悠地说:"去端一盆水来,把耳朵浸到水里。"学徒宝金连忙用脸盆舀了满满一盆水,凑到长春耳朵上,那甲鱼果然就松了口。一看,长春的耳轮上早已咬出血来了。

末了,我舅父说了一句联语式的"地壁温"道:"甲鱼会甲鱼,卵蛋亲卵蛋。"众人请教什么意思,舅父说:"长春说五十二岁一卵蛋,人活到一卵蛋可以称甲鱼,不就是'甲鱼会甲鱼,卵蛋亲卵蛋'吗?"众人一听都大笑起来。

那时候小镇百姓的娱乐活动，主要是晚上去书场听书即苏州评弹。一部书一般都要说十天到半个月，长的要说二十天左右。镇上有许许多多所谓"老听客"，吃过夜饭，像赶考一样纷纷赶去庙桥街同福书场。舅父更是书场的常客，和场东一家熟到就像亲眷一般，因此，书场的状元台（中间前三排）留有他的"专座"。逢到响档，比如邢瑞亭、徐天翔、葛佩芳、高美玲、刘天韵、刘韵若等，他尤其场场必到。

舅父的开销是够大的。他戏称自己有三大"敌人"：烟、酒、茶。烟要好烟，酒要好酒，茶当然也要好茶。三大敌人里，最大的敌人是酒。他嗜酒如命，一日三餐，除中、晚两餐雷打不动外，下午三点左右是他最惬意的一餐。那时候，他坐在苏泉香小酒馆里，一开白酒，一小碟爆鱼，一小碟油沸豆瓣，真是心恬意洽。他一边喝酒，一边与人聊天。这时他最恨外婆去喊他干活儿。但是，偏偏这时外婆会去喊他。外婆耷着个脸跑来说："主客在店堂里等呢！"舅父不高兴了，说："不见我正喝上杠了吗？——让他们等等。"遇到这种时候，他常常会喝醉。喝醉了会呕吐，不省人事。所以得了个诨名：醉螺蛳。

20世纪50年代初，不知什么原因，理发业忽然不景气了，尤其是冬天，生意特别清淡。大约是经济萧条吧，人们收入少了，省一个剃头钱也是好的。理发业有句行话形容冬天的生意，叫作"风吹鐾刀布"，非常形象。没有顾客上门，只有冷风一阵一阵吹进店堂，扬起镜子边挂着的鐾刀布，发出"啪啪"的响声。

看看实在维持不下去了，这时舅母的乡下姐姐跑来建议，说何不索性搬到乡下去，乡下开销省，还可以有一块自留地种点菜。舅父就心动了。大约是在1952年的冬天，舅父一家就搬到镇东北乡下一个叫三乡桥的村子。

三乡桥因地处三个乡的交界处而得名。舅父的新家在三乡桥北一里许的村道边，一溜儿五间统间的破瓦房，梁柱、椽子很细，房子看上去十分单薄。房子原是村里的库房，堆了一些破烂农具、石磨缸甏之类的杂物。舅父家用芦帘隔出两间，一间作店堂兼厨房起坐，一间作卧房。店堂里只安一张理发椅子，当然配了搁板和镜子。简直不敢抬头看屋顶，屋顶黑乌乌的，漏着星星点点的亮光。舅父说，看上去七穿八洞，那是因为屋顶没铺瞒板[①]，下雨倒不漏的。

离舅父家半里多地有一小块地，那是村里拨给的自留地，舅父种了些青菜和葱蒜一类的蔬菜，所以吃菜不用掏钱买。荤腥，比如鱼肉，则要走三四里路摆渡到运河塘北一个叫陶家笕的小集镇去买。

舅父一家住在乡下，尽管生活俭朴，但乡下生意比镇上还要清淡，农民都很穷，头发都蓄得很长，一般一个月到一个半月才理一次发，而且收费比镇上少三分之一，所以舅父在乡下还是维持不了生计。

不知出于何种机缘，音乐解了他的困，他被嘉兴县的一个越剧团聘请担任了琴师，而且在很短的时间里，由二把胡琴提升为头把胡琴，也就是首席琴师。这个剧团曾几次来梅七镇演出过。

当时的剧场叫人民剧场，在大街上，是由一家姓刘的大厅改建的。人民剧场比起梅七镇剧场条件要好得多，场子里一色

---

① 瞒板：椽子上面铺设的屋面板。

的白木条凳,而且没有一根柱子挡住视线。因为舞台较小,乐队不再安排在台角,而是在台的右上方的厢楼上。厢楼很低,离台口很近,仿佛是一座悬空的音乐小殿堂,在我们小孩子眼里,很神秘的样子,不知拉琴打鼓板的是些什么样的精怪。

那时剧团演出的惯例,演出过半有十分钟的剧场休息,算是给观众上卫生间的时间,吸烟喝茶的时间。舅父所在的剧团在剧场休息时,乐队会演奏一些乐曲,比如《良宵》《二泉映月》,比如那时的流行歌曲《你是灯塔》《二呀么二郎山》之类。一听这些曲子,梅七镇人就说,是诸吟耕在拉,只有诸吟耕会拉这些曲子。

不幸的种子其实早已埋下。好像是1954年的冬天吧,有一夜西北风特别大。第二天一清早就有三乡桥的人跑来报告,说舅父家出事了,房子被西北风刮倒了。外婆赶紧奔去乡下;我在学校,我没一起去。

事后才知道,所有的家具、器物,包括理发椅子,一堂舅母的嫁妆——一张红漆八仙桌,四把红漆靠背椅——全部被砸烂。舅母和林华表妹也被埋在了瓦砾堆下,直到天亮时才被闻讯赶来的村民扒了出来。幸而没有伤到要害,母女二人总算保全了性命。

至此,乡下是根本待不下去了。这样,舅父一家重又回到了镇上。舅父要撑住全家,就从剧团回来了。他们暂时觅得镇北近乡的一间破房子,安顿了下来。舅父重作冯妇,在家里安一张破损的理发椅子,操起了旧业。1956年,梅七镇理发业合作,成立理发社,他进了社,每月拿三十来元工资,一家人苦度光阴。

> 庵前街
> 6号

汪品祥修鞋铺

汪品祥

汪品祥修鞋铺在兰林甫伤科诊所对面,下岸,有两个门面。东间店板不拔,做了仓房,里面堆了些修鞋的材料、破旧的鞋子和杂物。西边那间是工作间兼店面,靠街地上连门槛都堆满了待修和修好了的鞋子,一张皮面马扎,汪品祥就坐在这马扎上工作,马扎边是一应的修鞋工具、胶皮、各种瓶瓶罐罐的胶水。

临河的南窗下,安一张很大的板桌,桌上放了一排画照的用具:黄铜的高脚放大镜、重磅的铅画纸、胶固的羊毫笔、炭笔、铅笔、炭精粉盒等。汪品祥除了修鞋,业余还画照。窗户的上方,就挂了一幅他画的人像。那是一个一手支颐的年轻女子,美丽而又娴雅。没有人问过这女子是谁,但大人们都知道这女子是谁。

汪品祥是个非常慈祥仁厚的老人,我们叫他品伯。那时他大约五十来岁,成天笑眯眯的,不管大人孩子,他一律和气谦恭，是个懂得尊重人的人。我从未见他有着急发怒的时候，即使遇到糟心的事、吃亏的事，他脸上仍有笑影。看得出不是装的，是出于真诚，不虚伪。

这么好一个人，听大人们说，他年轻时曾经痴过，花痴。花痴到什么程度呢？不穿衣裳，成天精赤条条走来走去。后来镇上只得用一个木笼子将他锁在香海寺里。究竟什么原因造成的，现在已不能知道，有人说与挂在墙上那幅画有关，但也不能确定。稀奇的是，在香海寺锁了好几年之后，在某一天早上，他忽然就醒了过来，过起了正常人的生活。

汪品祥生得非常白净，虽是个修鞋匠，却文质彬彬有世家子弟的气质。他专修胶鞋，不修皮鞋、布鞋。他修鞋的技术是很高明的，经他修补的雨鞋、球鞋不脱胶，平整耐磨，所以他的生意很好，差不多全梅七镇的人要修鞋，都上他的铺子来。

有时候早晨或者午后，他会画照。他画照很慢，先打格子，再打轮廓，然后用胶固的羊毫笔蘸了炭精粉反复擦、蹭。这样，慢慢地画像成形，并且越来越像，最后与原照一模一样，只是比原照放大了二十倍、三十倍，而且仿佛比原照更具神韵。他每天画照的时间不多，顶多一个小时吧，一到工作时间，他就收拢画具、画纸，用一块青布遮住，等待下次接着画，所以一张照他差不多要画半个月到一个月。

现在的汪品祥似乎对女人一点兴趣也没有，你根本看不出他在历史上曾经是个花痴。但是有一天，他的修鞋铺里坐了一个女人，一个颇具风韵的女人。这女人有四十来岁年纪，阴白细腻的皮肤，高挑丰满的个子，操一口平湖口音。她在某一天成了品伯的徒弟。从此以后，这个女人就坐在另一张皮马扎上学习修鞋了。

庵前街纪事

这女人叫徐文惠,原是新桥港河南阎府的少奶奶。她的丈夫在内蒙古服刑,据说是历史反革命。她有两个女儿,起初靠变卖家具、衣物、首饰度日。卖尽当绝之后,生活渐渐无着。好像是通过她的女友外科医生竹褚华的介绍吧,在某一天,她就坐在汪品祥的修鞋铺里当起学徒来了。

徐文惠戴一副椭圆形的银边小眼镜,身系一条青布撒花的围裙,坐在皮马扎上给品伯打下手:搓胶皮、涂胶水,神情专注而庄重。这不由人联想起她的身世,怎么也不会以女鞋匠来看待她。

听说她是世家出身,在上海念高中时遇见了高班的她的先生,一见钟情,遂辍学跟他来到梅七镇。又听说她年轻时曾与有名的王八妹结拜姐妹,因此,她也会双手开枪。她后来与女医生竹褚华结识并且投契,一是因为两家住得近,二是因为两人的气质、遭遇相似。竹褚华是远近闻名的外科医生,也是一个风情万种的女人,她的丈夫原是国民党军一个部队电台的少校台长,后来被镇压了。

多年之后,徐文惠在修鞋铺里消失了。我在外地读书,有一年寒假回家,不见了徐文惠,顺口问起,大人们叹息说:可怜,病死了。说她患的是肾脏病。据说,临终,她把两个女儿托付给品伯,其中一个还过继给了他。徐的两个女儿,大的叫阎也璇,小的叫阎也珠。阎也璇成了品伯的干女儿,改名叫汪萍;阎也珠跟我同岁,她只身去了大西北,考入西宁的一所铁路学校,后来一直在铁路部门工作。

现在,汪品祥连同他的修鞋铺也早已不存在了;修鞋铺的位置变成了一小块临河的空地,空地上生长起了一棵极其茂盛的香樟树。樟树的枝丫四处伸展,罩住了河沿,罩住了大半个街面，也罩住了历史，罩住了曾经有过的一段鲜活生活。生活在现今庵前街上的后生，做梦也不会想到，这里曾经有过一个修鞋铺，有过一个名叫汪品祥的修鞋匠，还有过一个名徐文惠的高贵的女修鞋徒工。

庵前街 7 号

梅七镇完全小学

兰趋霞

兰趋霞老师是国民小学时代的旧人,是梅七镇小元老级的人物。兰趋霞,人背后都唤她兰赤鼻,因为她虽为知识女性,滴酒不沾,却天生一个山梁似的酒糟大鼻子。她高度近视,戴一副酒瓶底一样厚的近视镜,据说有三千度。她人很瘦小,脸盘也瘦小,整个一个人好像就一根鼻子和一副眼镜。那时候她已经五十出头,快退休了,教学生还是旧社会那一套,对付顽皮的孩子她仍打手心。但是奇怪,孩子都不怕她,课堂纪律一团糟。她上课,教室里闹嚷嚷的好像菜市场,她因此常常用教鞭抽打黑板,"梆!梆!梆!"

"静下来!你们给我静下来!"她声嘶力竭地喊道。

所以一堂课下来,往往累得她直喘粗气,坐在椅子里半天说不出一句话。

她终身没有结婚。据说她年轻时恋过一个男子,那男子却娶了别人,于是她便不再结婚。她领养了一个女孩,靠奶粉将她喂养大。后来女孩在上海工作,也不常来看她。总之我们从没有见过这个女孩。兰趋霞老师退休之后,从学校搬出来,一个人租住方慧僧家的一间楼房。当她很老的时候得了一种病,就是管不住小便,得衬上尿布,加上眼睛几乎失明,就雇了一个五十来岁的农妇做保姆。那保姆居心不良,吃她用她坑她,还常常没好声气待她,有时饭也不给做,让她吃剩饭,欺负她眼睛不便,一个鲞鱼蒸蛋吃到长了蛆虫还在吃。邻居们有时实在看不过,出来杀白血①,那保姆才对她好一些。

饶是这样,兰趋霞老师仍然长寿,到很老很老才去世。去世后,上海的女儿来了,理所当然地继承了她的全部遗产。

翁盛天

翁盛天,一个活宝级老师。他是教地理的,近四十岁年纪,戴一副没边近视镜,瘦瘦的。那时已不兴戴领带了,他还戴,配这领带的是一件深蓝色条纹尖角前襟西装马甲,背头,乌光油亮。他一脸严肃,一本正经,不苟言笑,但不知为什么,总让人觉得有点寿头寿脑。学生非但不尊敬他,有时还要去作弄他。街上遇见了,叫他翁老师,也叫他盛老师,也叫他天老师。一次,一群学生遇上他了,先齐齐地喊他一声翁老师,再喊一声盛老师,还喊一声天老师,然后特别响亮地喊一声:"翁盛天老师!"喊毕一阵嬉笑。

第二天晨会,正好是他的值日,训话时他说:"你们叫我

---

① 杀白血:打抱不平。

翁老师行,叫我盛老师行,叫我天老师也行,但切莫要再并起来叫翁盛天老师。这样就不好了。"为什么不好,他没说。这下好了,等于做了鼓动,从此这样喊他的学生越来越多了。并且不仅如此,还变本加厉。他不是头发梳得很光吗,学生们在喊完"翁盛天老师"之后,又加两句自编的词:"蚊子飞过蹩断脚,苍蝇飞过打滑塌。"他回过身去,学生便会嬉皮笑脸地又重复一遍:"翁老师,盛老师,天老师。"这回遵嘱,没有再并起来喊"翁盛天老师"。我们可敬的翁老师回过头看看这个,又看看那个,只好瞪瞪眼继续走路了。

翁盛天老师在外面一副光鲜的样子,其实他的家庭生活是非常糟糕的。他有一个长期卧病在床的妻子,听说是严重的肺结核,所以一应的家务活儿全是他和两个儿子料理。中午他们在学校食堂吃饭,用一个铝锅打饭;早晚两餐由翁老师打理。

翁老师的大儿子名叫翁英起,和我是同班同学。这个翁英起不像有的教师子女,为同学看高一等。比如一朱姓女老师,她的女儿也在我们班上。朱老师来上课,这位娇气的女孩不知为何,常常无端地流泪。朱老师便会停下课来,走到女儿身边给她擦拭眼泪,百般地哄她,还问班上有谁欺侮她了。这样的情形并没有引起大家的反感,反而觉得理所当然。

翁英起就不同了,好像大家都不怎么待见他,甚至常常有人故意去招惹他,直至他哭了起来。翁英起也真爱哭,稍一逗弄就嘴一扁哭了。他越爱哭,人就越要去逗他。其实,翁英起和他爹一样,诚实、大方、勤劳、有忍让。他家住在平桥头镇小一分部门厅东边的一间狭长的平房里。那房间不过十六七平方米,石板地,临街有一扇窗,屋里很潮湿,地坪常年湿漉漉的。家里有个长病人,又乏人料理,东西乱堆乱放乱扔,实在杂乱无章。

不久之后，翁师母去世。看着这一家大小三个男人，臂上戴着黑纱，同学们都非常同情。好像从此之后，不再有人去故意作弄他们父子了。

崔思凯

崔思凯就是那个曾经想找骆丽娟的小学教师。这是个一天到晚怒气冲冲的男人。他是教我们自然课的。人不高却佝偻着身子，走起路来一颠一颠，那颗硕大的脑袋便一颠一颠，好像随时随地在向人点头致意。他说话嗓音浑厚，浑厚里又带一点刺音，尤其在他发怒时，简直声如裂帛。

他发怒的原因多半是他上课掌控不了纪律。上课铃声响过好一阵了，教室里依然人声鼎沸，像出巢的蜂群，根本就无视站在门口等候的崔老师。于是崔老师的脸色由正常变红，由红变白，由白变青，到后来实在按捺不住，就爆发了。他用拳头擂门，试图让蜂群归巢，但是没用，教室里依然像一锅烧开的水。崔老师忍无可忍了，他两个环眼圆睁，发一声喊道："都给我静——下——来！"

终于静下来了。教室里一安静，崔老师便满意了，颠簸着走进教室。师生问好之后，开始讲课。可是讲不到五分钟，下面声音又来了。崔老师就用教鞭抽打黑板示警，但也只安静三分钟，讲话声又肆无忌惮地响起来，而且有变本加厉的趋势，有的干脆在课桌间互相追逐嬉闹。有一次陆子建用弹弓瞄准窗台上的一只小鸟，却差一点将"子弹"（朴树子）击中崔老师的右眼。这下崔老师火了,他怒气冲冲地奔了过去。陆子建一见情况不妙,赶紧将弹弓藏到课桌底下。崔老师二话没说,就去收缴,于是两人发生激烈的争夺。陆子建当然不是崔老师的对手,最终崔老师缴掉了陆子建的皮弹弓。为表示决绝,非但缴了,还当场咬牙切齿地要把弹弓毁掉。可是陆子建的皮弹弓做得实在太道地,那是副用头号铅丝和双股四十八只牛皮筋做成的功力非凡的皮弹弓,要扯断它谈何容易。崔老师折腾半天也扯不断它,后来他发吼了,让脚帮忙踩住弓柄,两手扯住皮筋往上拉,直拉到一人多高,才将皮筋扯断。崔老师正自得意,不想扯断的皮筋一个反弹打在了崔老师的脸上,顿时崔老师的腮帮上立马出现一道半寸长的血印。崔老师也顾不得了,又将弹弓踩瘪。踩瘪之后用手一团,跑到外面向天上一抛,就把弹弓扔到了教室的房顶上。这下教室里就非常非常安静了,安静到掉下一根针都能听得见。但是没有用,下回崔老师来上课,教室里还是照样像蜂房一样热热闹闹。

居大伟和孙光曦

居大伟和孙光曦是两位不安分的老师,他们都认为自己当小学教师是屈才。居大伟长得人高马大,戴一副淡黄边近视镜,一天到晚板着脸,很威严的样子,学生都很怕他。他担任我们的地理课教师,第一天上课,一进教室就逮住一个班上的好学生做文章。他分明是鸡蛋里挑骨头,很严厉地让那女生站起来,指责她没有把手放规矩。那好学生在班上从未受过一丁点批评,一时低着头眼泪哗哗直流。许多年后,当我自己成为小学教师我才领悟到，这其实是居老师的一个策略。你想，这么好的学生做得不合要求我都要批评，你们其他人是否该小心一点呢？果然，从此居老师来上课，课堂纪律就特别好。

上课纪律好，居老师就很轻松，他的课也确实上得好。但是他不安心教育工作。不久，他考上上海交通大学走了。看来他一点也不热爱教书，对教过的学生没有一丝留恋，总之，他的离去我们一点也不知道，直到有一天轮到他的地理课，换了一个新的老师。

孙光曦老师是我五年级时的班主任。他同样是个不安心教育工作的老师。他个子不高，筋骨很好，结实机灵，篮球打得非常出色。他也是近视眼，也戴一副淡黄边近视镜；打球时，眼镜用一根牛皮筋固定住，就满场里奔突。大约他把居大伟作为榜样了，第二年春天他也去考大学了。后来我才知道，当时在职教师可以报考大学，但必须先要辞去教职。这是孤注一掷的举动，非得有十二分把握，所以得考虑清楚。居大伟成功了，孙光曦就信心十足。结果，孙光曦老师失败了，他没考上，却把工作给丢了。丢了工作的孙老师，只好回家种地，他同样没有告诉我们。他的不辞而别，不是对学生没有感情，而是脸上无光。总之有一天早上，新班主任接替了他，他就从此消失了。

我再次见到孙光曦老师，已经是十多年以后的20世纪60年代末，我已从师范学校毕业，在另一个镇上教书了。一个冬天的傍晚，天下着蒙蒙细雨，我正待离开学校，忽然进来两个穿蓑衣戴箬帽的农民，自称是南日公社摇船来此地捉垃圾的，要求在学校礼堂借宿一晚，内中一人就是孙光曦老师。孙老师已经纯乎一个农民，但是戴着那副淡黄边近视镜，模样并未有多大改变,所以我一眼就认出他来了。我认出他,他非常高兴。就是那天,他告诉我他没能考上大学。本来有同事可以帮他去教育局疏通,也许写个检讨书,有希望恢复教职,但是孙老师婉言谢绝了。他告诉我,当农民苦是苦些,但自己酿成的苦酒只得自己来喝干。他门牙掉了,说话都漏风了,却没钱去修补。他居然忍心又提起了居大伟,告诉我说,居已是上海船舶行业的工程师。话里音里不无羡慕的苦涩,正如鼓词里唱的那样:"两骨支颐情未已,一点雄心至死明。"

叶青青

叶青青是没有教过我的老师,但叶青青肯定是个人物,我得提一提她。据说从前考师范学校有一个仪表上的要求,就是不录取身有残疾和麻脸的人。但叶青青是个麻子,而且是个大麻子,满脸的粗点麻坑,幸亏她皮肤白,一白遮千丑。大约她在教书上不怎么样,学校就安排她干一些总务之类的事,当然偶尔也代代课。一次我们隔壁班的语文老师请假,临时请叶老师代课,学生不听她的,她就破口大骂:"小棺材,小牌位。"于是教导主任只好跑来解围。

叶老师是结过婚的,但很快就离了,也不知是遭遗弃还是感情不和,总之,她很早就一个人带了女儿过活。中年以后她又结婚了,男人是县中学的名牌语文教师名叫邵壁。邵壁好像是福建人,说话十句只能听懂三四句。他讲课真所谓自说自话,自己沉浸在自己的言说里,一行讲一行陶醉,一会儿笑,一会儿流泪,下面张大嘴巴,听得莫名其妙。叶青青和邵壁年纪相差十几岁，有人说叶青青之所以嫁给邵壁是因为邵工资高，但叶青青并不这么认为，事实上数年之后他们就离婚了。

梅星飞

梅星飞是个五十六七岁的老男人，瘦削，高高的颧骨，人好似有点木讷，一个人居住在集秀庵后一间东倒西歪的平屋里。

梅星飞家和我家是老亲。据梅星飞自己说，他母亲在生他时梦见满屋里彩星飞舞，被父母视作好的兆头，就不按家谱的规定用"惠"字起名，而给他起名星飞，以博取一生的好运气。谁知好兆头并没有给他带来好运气，一生就这么平平庸庸，五十多岁了，还在这梅七镇上的小学里教书糊口。他一直孤身一人，曾经他是有过老婆的，后来叫人夺走了。

中华人民共和国成立之初，他在庄泾一所村小教书，老婆随侍，照料一日三餐。后来连他自己也说不清，怎么一来，老婆竟和当地一个农民刮拉上，并且宁肯跟上那个农民。他百思不解，自己是个教师，虽然工资不高，但足够维持两个人生活，老婆根本不用工作，管好家务就成。跟了那个农民之后，她得下田下地去劳作，但老婆就是愿意。更让人想不通的是，后来老婆和那个农民生了个女儿，吃不够，来和他商量，希望他能抚养他们的女儿，他居然答应了。所以，他虽然没有老婆，却有个老婆和别人生的女儿。这个女儿名叫美鹃。

像梅星飞这样的男老师，一般都任高年级的课程，梅星飞却教低年级，二年级或者三年级。那时候以抓教学质量为名，校领导常常下班级听课,而且事先不打招呼。一次去听梅星飞语文课,那天,他上一篇叫《美丽的西沙群岛》的散文。他是怎么上的呢?

课堂提问:"西沙群岛是一个什么样的岛呢?"

学生回答不出,他只好自己回答说:"西沙群岛哇就是西沙群岛。"

他又问:"五光十色是什么意思呢?"

学生又回答不出,他又只好自己回答说:"五光十色呀就是五光十色。"

一个人生活乏味,他就养了一只鹅。天气好的日子,他手执一根柳枝,赶着鹅一路走到学校,鹅就踱着方步在操场上放食草,他就站在一边欣赏鹅食青草。

鹅生长很快。起初,那鹅浑身是绒绒的黄毛,伸出嫩黄的喙钳食青草时发出"咻——咻——"的叫声。没多少时日,黄毛变成白毛,体型猛地变大变高,钳食青草时发出"咣——咣——"的叫声。梅星飞说,鹅三个月就成年了,要吃也可以吃了。不久,梅星飞果然将鹅宰了。一天傍晚,他捧了一个大号的搪瓷杯子,幽幽地来到我家,对我母亲说:"请小姑太太尝尝。鹅的肉质比起鸭子来要粗些,但清鲜胜过鸭子,有一种草的清气。"

其实,梅星飞是一个很老实很善良的人,但老实善良过了头,就有点认死理,变成了拘泥变成了"执"。梅星飞执了一生,孤独了一生,七十岁上就早早离世了。

臧子安

梅七镇小学前后有过三个校役,一个叫章德仁,一个叫凌小花,一个就是臧子安。这三个校役都很有特点。章德仁是梅七镇本地人,人很高大,但有些黄胖,沉默寡言,可以几天听不到他说一句话。他成天懒洋洋的,懒洋洋地拿一柄长柄竹丝扫帚扫落叶,懒洋洋地搬课桌椅,印象最深的是他懒洋洋地打钟。

什么叫打钟呢?打钟是司时的方式。从前有两种地方需要打钟,一是寺院,二是学校。寺院以钟声为作息,叫"做一天和尚撞一天钟"。学校也以钟声为作息,上课打三下,下课打一下,集合打五下。现在有了电铃,钟声已为铃声替代。此外,从前的贵族大家庭也打钟,就是所谓钟鸣鼎食了。

梅七镇小学打钟其实是打一截铁。这是一截废弃的铁轨,挂在办公室外一处檩梁上,已被敲击得明光锃亮。章德仁敲钟的工具是一把精致的长柄铁榔头。他敲钟的时候,提了这把榔头懒洋洋地走过去,懒洋洋地欠起身子,懒洋洋地举起手,然后一下一下敲击那截铁轨,铁轨便发出金光光的声音。敲完之后,他还不走,盯住还在晃动的铁轨懒洋洋地微笑,就像面对一个同样懒洋洋的朋友。

他和钟的这种样子,久而久之感动了我们。我们坐在教室里听着这美妙的钟声,如同汪曾祺在《小学校的钟声》里描写的那样,钟声变成了"可见可触,可以供瓶几,一簇又一簇"的实体,并且"我听见钟声,像一个比喻"。汪曾祺的比喻没有明说,我的比喻很明白,就是一个字"懒",很有诗意的"懒"。

庵前街纪事

凌小花，下一章要说到，从略。

这就说到臧子安了。校役臧子安好像是江苏吴江黎里人，他是继章德仁和凌小花之后来镇小任职的。臧子安的特点正好和章德仁相反，他个子矮，结实，脾气躁，勤快。他非常勤快，一天到晚不停地忙，好像有干不完的活儿，而且干一件是一件，既干净又利落。镇小学的一些老师说，这梅七镇小学好像是他在当家，口气并非在表扬他，这就奇怪了。其实，一点也不奇怪，因为他有一双挑剔的眼睛，遇到别人松松垮垮的活儿就唠叨。有时候他扛了张破课桌去育婴堂（已改为镇小学的库房）打我家门前过，也往往一路走一路唠唠叨叨地发牢骚。牢骚的内容不外斥责某老师不爱惜公家财物之类。于是人都讨厌他，说校长也没他管得严，说你什么东西，一个校工，猫拉屎狗做主！

臧子安脾气坏，他自己也知道，但他改不了。这一是因为"生煞的心，钉煞的秤"，个性如此，二是大约与他的个人遭际有关。他的老婆跟他已经生活了将近二十年，有一天看上了一个在关帝庙前修棕绷的男人，竟然丢下两男一女三个孩子与他拜拜了。这女人后来跟那棕绷师傅又接连生了几个孩子，而身胚依然非常雄壮敦实。臧子安却苦了，既当爹又当娘，每月四十几元工资，父子四张嘴，难。所以，下班后他又去捡废品。饶是这么困难，却得不到单位同情。那时候涨工资有比例，要所谓"群众评议"。按理说，他办事认真负责，工作出色，涨一点工资理所当然，但就是通不过，原因当然是因为他的嘴臭。

由于境遇不好，臧子安人有些憔悴，但筋骨依然强健。如今八十多岁了，儿女也都已成家，他与女儿生活在一起，依然清健。

> 庵前街
> 8号

凌小花住宅

凌六宝

　　梅七镇小学的下岸是一片空旷的白场。白场靠河沿，杂乱地生长一些楝树和荆棘。白场显见是屋基了，薄土下尽是断砖和瓦砾。白场西边，就是这幢孤吊吊的小屋。据清同治间岳昭垲撰的《梅七镇纪事》记载："梅花书院，上岸六进，下岸基地四间，连河岸，共计基粮二亩六分。"那么，这小屋大约就是那四间的留存了。

　　这小屋真是小，绝超不过十五平方米，却是房、厅、厨、卫、园，一应俱全，玲珑剔透，好似一处微缩院落。屋呈曲尺，形如手枪。"枪管"是房间，坐东朝西三面着墙安一张床。床头南窗下安一张小小三屉桌，桌上放着镜台梳妆匣。桌边一把小巧的木椅，木椅塞在桌子底下，只在梳妆时拉出来。床尾北墙下坐一个马子，马子用一块青布罩着，一是雅观，二是笼住可能散出的气味。"枪管"根连接"枪身"处是厨房，靠南墙搭一只小小隐壁灶，墙上一排钉子，挂着一应的炊具。紧挨着小灶放一张矮几，几上是碗筷瓢盆。"枪身"是客厅兼餐厅，靠东墙放一张四仙桌，四仙桌三面围着三条长凳。客厅西墙抠出一大块墙身，上面是百叶窗，下面是厚厚的橡木坐凳和木雕栏杆女儿靠。风和日丽的日子，屋主就将百叶窗打开，坐在女儿靠上嗑瓜子和外面的人聊天，情致极了。小屋南窗外，临河，有一巴掌大的小园子。园子里有一畦绿油油的葱、蒜和青菜；菜地的四周，还见缝插针地自栽了些鸡冠花和凤仙花。更为奇妙的是，园子边的帮岸上还砌就一块一块的石条，石条呈石级状斜伸向河面，所以汲水浇花非常方便。

这小屋那时算是校产，学校分配给校役凌小花一家居住。凌小花那时大约有四十岁样子，矮小猥琐，成天笑眯眯的，不声不响。他是温岭人，据说原是温岭一所小学的校役，因为校长调任到濮院，就将他带来了，可见他为人很老实，工作又很勤奋。

凌小花的女人叫凌六宝，那一年三十六岁。我为何知道得这么清楚呢？因为叙起来她和我母亲同庚。凌六宝是个很干练泼辣的女人，快人快语。听口音，她是本县南日晖桥一带人，也不知她是何时与凌小花认识的。他们有个女儿名叫小红，那时约有八九岁。小红不是他们亲生，是抱养来的。凌六宝将小红收拾得干干净净利利索索，两个小羊角辫用红绿头绳扎紧，紧得辫根处的皮都绷了起来，显得十分俏丽。凌六宝管教女儿非常严厉，动不动就拳脚相加。小姑娘见了她娘就像老鼠见到猫，一副可怜兮兮的样子。

凌六宝个子很高，虽然长期生活在镇上，打扮仍是南边乡下妇女的做派。她的头发很长很黑，梳成两条辫子之后交叉着盘在头顶，而前额部分左右各梳成一个香蕉形的高鬟。她的面孔很干净，两条弯弯的细眉，汗毛都被绞去了。南边乡下那时还保持着古俗：女子一旦成婚，就要将面部汗毛绞去，谓之开脸。凌六宝就会开脸的活儿。我见过她为别的妇女开脸：用两根棉线交织着一下一下夹住汗毛，就会把汗毛绞去，最后将眉毛做成又细又弯的柳眉。据说用剃刀修面，过几天汗毛又长出来了，而用棉线绞去毛根，就不会再生了。凌六宝常年穿一件靠身的阴丹士林布大襟衣裳，斜襟纽扣处塞一块手帕，黑布裤子，白袜，黑搭襻方口鞋，衣裳、裤子、鞋子都是她自己做的，非常合身。总之，她给人非常干净利落的印象。

凌小花的伙食是学校包定的，所以，一般的日常三餐凌六宝只和女儿小红吃。两个人吃得很节俭但很精致，早上两盏泡饭，半个咸蛋，一根油条；中餐两盏米饭，一小碗红烧肉，或一条不大的鲫鱼，或一碗水炖蛋，再一小碗青菜，一荤一素；夏天更简单，一碗冬菜汤或大头菜汤。晚上吃粥，不再做菜，就吃中午吃剩下的热一下；夏天晚餐干脆不做，就吃中餐留下的冷饭冷菜。

凌六宝总是把屋子收拾得光鲜水亮，门窗板壁可以说纤尘不染。虽然只靠男人每月三十来元工资维持一家三口的生活，由于是固定收入，她又会精打细算，所以她成天轻轻松松，悠闲自在。她很迷恋打纸牌，她们叫打大老K，下午、晚上她都像上班一样去庵前街10号，和几位老太太打牌。那时早已禁止赌博，可打牌没有彩头又鼓不起兴致，于是她们就用五香豆或沙炒豆做筹码，半天下来也有半升豆子的输赢。

后来她跟一个年轻箍桶匠好上了。

箍桶匠那时已二十七八岁，因为穷没有娶妻。自打和凌六宝好上后，他有事无事总来凌家串门。时间一久，凌小花也有了知觉，但他装作不知，有时甚至故意腾挪出时间让他们，也许有什么难言之隐吧。街坊们自然也知觉了，但谁愿意去管这等闲事，只是背后指着凌小花骂几声乌龟。

那年的深秋，这桩丑事东窗事发，原因是精明好强的凌六宝与人有了嫌隙。人家暗暗地守候了几天，终于在一个寒冷的清晨，将他俩堵在了后窗口。箍桶匠抱着衣裤从后窗口跳出来夺路逃走了。从此好事破掉，凌六宝装病睡了几天，不敢露面。

不久之后，凌小花一家离开了梅七镇，庵前街8号那幢小屋换了住户。听新住户的女主人吴老师说，凌小花辞职回温岭老家了。后来又听说，凌六宝没有随小花去温岭，而是带了女儿回日晖桥乡下了。也不知确实否。

一个家庭离散了，一段故事结束了，外人根本就不清楚其中的复杂和曲折。这就是人世；人世就是如此，不断地发生故事，又不断地结束故事。多年之后，庵前街8号这幢袖珍式小院被拆除。拆除后的地皮，只有差不多一跨的面积。这么小的一个空间，曾经生活过一家三口，而这一家三口同这小院一起消失了，就好像这里不曾有过这小院，和这一家三口。

> 庵前街
> 9号

鞠恒昌米行

鞠有义夫妻

鞠有义不知是鞠恒昌的第几代传人,直到20世纪50年代,他还在庵前街9号守着这爿老店。但由于各方面因素,加上他不善经营,生意越做越小。大约1953年前后,国家实行粮食统购统销,不再允许私人经营粮食买卖,鞠有义又是个榆木脑袋,不会转行,就此他失业了。

街坊对鞠有义的评价是两个字:"愣"和"懒"。愣是愣直,就是一根筋不拐弯。他们家是女主家,他因为没有养家的本领,也只好忍气吞声。但有时实在忍受不住女人的唠叨,他也会煨蚕豆发芽似的突然吼一嗓子:"你到底要我怎么样?"

说他懒其实也不完全是懒,而是反应慢,动作拖沓迟缓不利落。粮店歇业之后,他只得去打零工。

那时梅七镇粮管所仓库有大量的稻谷要蒸晒,于是我父他们一帮人便成了季节性的蒸谷组人员。蒸谷组有十几个人,任务是将农民完来的稻谷及时蒸烤和翻晒,而且翻晒不止一次两次。农民完粮一年两次,夏粮和秋粮,所以蒸谷组差不多是个长年的组织,公家也发给毛蓝布垫肩、带披风的毛蓝布工作帽、加厚的口罩,每月还配给一斤红糖——蒸谷晒谷谷毛和灰尘是很大的,一天下来,眉毛胡子都成灰白色的了,而红糖据说可以消除吸入体内的灰尘。尽管工作是临时的,这样的待遇仿佛像长期工,他们戏称为"长牌位"。这使得临时工们不免有些饮鸩止渴的陶醉。

鞠有义扛谷包出仓或进仓,踩着高高的仓跳(仓门与地面落差很大,差不多要有一人多高,所以要铺跳板,名曰"仓跳"),动作比人慢,步子比人小,那也许是细心谨慎,但客观上相同的时间里比别人要少了工作量。翻晒稻谷差不多隔半小时就得进行一次。谷子在夏日的阳光下暴晒,会腾起一片蒸汽。别人已然扛起木耙去翻晒了,他还依依不舍地站在廊荫下;别人已然翻十来个来回了,他只好翻个七八个来回。所以人就说他:懒。

蒸谷组也有结束的日子,临工们只好找另外的散活儿。做泥司小工算是最没出息的,因为工资低,一天一元一角三分钱,简称"幺幺三"。比较起来最能挣钱的是摇运输,就是替企业或单位装运物资。这些企业和单位大宗的物资,一般都由国营的搬运公司装运;小件小量的物资,搬运公司不愿干,就雇用临时工装运。那时候临时工接洽活儿都在庙桥街的龙园茶馆,所以临时工们都有吃早茶的习惯。八分钱一壶红茶,再买一副大饼油条,阔气一点的叫一客或半客烧卖。一边吃着,就有用人单位来唤工了。运送的物资、数量,运送的路程、运费讲定之后,当天或者第二天便可工作。一般装运地都在杭嘉湖一带,也有出省去上海、江苏,装运一趟三五天工夫;远一点的去无锡、常熟,最远要到南京、镇江甚至南通等地,那就得十天半月甚至更长的时间。船上一般要三个人，一趟下来每人可以挣到二三十元。那时一般职工月收入才三十几元工资，所以摇运输的收入是相当可观的。但临时工毕竟是临时的，不是天天有活儿；有时十天半月或遇到风雨落雪，甚至一两个月没有活儿也是常事。所以临时工们有句口头禅，叫："晴天三家叫，落雨剥指爪（甲）"。

摇运输得备有工具，比如船只、跳板、篙子，比如杠棒、绳索、箅、筐、筊、锹、翻子之类，还要炊具，行灶、锅碗瓢盆等。除了船向船厂租用外，其余都得自己准备。我父为人热情，这些其余的用具炊具全部由他配备，所以我家灶间堆满了一应的工具，光是跳板就有长长短短好几块。一条船等于是一个小小团队，必须相互配合默契才行，弄不好也会产生意见分歧甚至闹翻。鞠有义因为反应迟钝，有懒的名声，加上个性愣直，有时候会激出两个眼珠发狠，人都不愿意与他搭伴。我父碍于面子，总是说服大家接纳他。

鞠有义的妻子大家叫她鞠有宝，其实她娘家姓陆。有宝性格十分开朗，甚至可以说豪爽。她虽然生活窘迫，但在银钱上从不斤斤计较，逢到与人有经济牵扯时，宁可自己吃些亏，显得非常大度。在家庭中，她是拿主意的人，地位高出丈夫一头。她持家能力很强，因此有时不免要数落有义，而且不怕家丑外扬，喉咙很响，隔开几个门面都能听见。大多时候，有义只好聆听她的教诲，但有时候也会忍受不住，直起喉咙反抗，有宝因此会更拉高八度音来制服他，他一下就偃旗息鼓，不再声张。

鞠有宝曾经去嘉兴军分区当过保姆。回家后迫于生计，还是替别人看孩子，仍然是保姆，只不过是在家的保姆罢了。她前后替人看过好几个孩子，可以说辛劳一生，到晚年差不多已经病骨支离，却依然乐观开朗。

庵前街纪事 AN QIAN JIE JI SHI

庵前街
10号

梅阿福收生诊寮

顾美宝

顾美宝是个五十来岁的老妇人，她一个人居住在这幢两楼两底两进加半个走马楼的宅院里，宅后还有一个小小的园子。

听大人们说，梅家这幢房子起造至今尚不过三十几年，建房前此地原是一片桑地。这宅院是梅阿福用她收生多年的积蓄兴建的。一个收生婆哪里会累积起那么多财富呢？原来梅阿福除了收生，还会堕胎。从前没有计划生育一说，当然就没有正规医院开设引产的门诊，堕胎是被明令禁止的，民间更是将之看作是一件伤阴骘的事。但是因为堕胎挣钱，所以就有人敢来干私人堕胎的事，梅阿福就是这样的人。

对于从前保守时代偷情的女子，尤其是未婚先孕的姑娘，堕胎差不多是她们保全名节的唯一选择。一旦出事，只要能将肚子里那块多余的肉拿掉，价钱你就开吧。于是梅阿福的钱就很快累积起来了。不过私人引产是有风险的，弄不好要出人命。但是事前都是说好的，万一出事，堕胎者不负任何责任。

为此，事实上梅阿福手上是犯有几条人命的。所以街坊们说，梅家这宅院是用造孽钱造的，怕不会久远吧。

顾氏是新塍人，是梅阿福的儿媳，但不是正妻，是继室，俗话叫填房。她自己说，她嫁过来时才十三岁，还没有做大人，就是说尚未发育，根本不通人事。她说，你们想象不到新婚之夜是一种什么样的情景，痛苦死了。她说，因此她的身体给弄坏了，致使一生都不能生育。她自己没有生育，却含辛茹苦管大了正妻留下的三个儿女。所以三个子女长大之后，对她都很孝顺。

那时候大女儿和儿子都已经工作，小女儿也已出嫁。儿子在温州电影院当放映员，已经娶妻生子，他按月给顾氏寄二十元生活费。二十世纪五六十年代，公职人员一般月工资才三十来元，一些商店职工只有二十来元，甚至十几元，都能维持一家的开销，因此顾氏有二十元月收入，生活应该是丰衣足食了。每个月7号或8号是顾氏最开心的日子，穿着邮电绿工作服、挎着邮电绿邮包、骑着邮电绿自行车的邮递员，来到梅家门口，他将车停下，并不下车，一个脚踮着街沿石，高声叫道："顾美宝——印章！"

只见喜气洋洋的顾老太太"吱嘎"一声打开矮踏门，将手里擎着的一颗图章交给那个年轻的邮递员。邮递员在汇单上盖过印，将章和汇单一并交还到顾老太手上，照例叮嘱一句："二十元哪。"

顾老太也照例笑着说："辛苦你了。"

吃穿不愁，在二十世纪五六十年代的庵前街，是没有多少人家能做到的，顾氏老太算是够宽裕的一个。因此尽管她孤孤单单一个人，有时难免会感到一些寂寞，但总起来说，日子过得优哉游哉。她常常挂在嘴上的一句话是：想不到自己肚皮没有痛过，儿女们会这么孝顺，真真前世不知敲破多少木鱼呢。

其实，从一个女人应该得到的甜蜜爱情、美满婚姻上看，她是不幸的，但她根本就没往那方面想。当然了，一个人的幸福指数，只是这个人的自我感觉，既然自己认为幸福，那就是幸福吧。感觉幸福的顾氏老太倒是更懂得惜福。她的惜福方式是节俭，甚至节俭到吝啬、抠门，梅七镇人叫作"赊"。那时候镇上对民用电控制很严，一般不批新增的用户。梅家是早就用上电的，是老用户。邻居们想用电，政府又不批，就跟顾氏商量，从她家的火表上拉出一根线来，套个表。起初邻居们说，我们能用上电是沾你电表的光，今后你的电费我们来付。后来她儿子对她说，这样不好，自己用的电还是自己付吧。她就听儿子的，几个月之后就重新自己付了。

那时因为普遍的生活困难，所以流行一种民间借贷方式叫"合（读成 gě）会"。会一般有两种，一种叫"摇会"，一种叫"标会"。摇会完全是帮助性质，比如某人一时遇到急难，需要筹集一笔资金，就起个会，邀来十个街坊，每人拿出一定数额的钱，比如十元，十人就是一百元。首期，这一百元就由起会人亦即"头会"收了。到第二个月，依然每人十元一共一百元。这回要用摇骰子的办法，就是拿个盖碗，碗内放一颗骰子，然后挨个摇动盖碗，以点数大者得到二期款项的使用权。第三个月复又如此，依次直到最后一个收会。摇会完完全全是互助性质，加入者没有一丝一毫的营利。标会就不同了，标会是营利的，营利营在这个"标"字上。比方也是一个人急难了，发起标一个会，邀来街坊十人，也是每人十元，一共一百元，首期这一百元由头会，也就是发起人收了。第二期开始标会，就是剩下的九人每人在一张小纸上标出一个金额，例如"三角""五角""八角"，甚至"一元"，一元以上，称为标书，之后亮出标书，以标数最大者收会。收会人所标的数额，就是他付给各人的利息。比如他标了七角，每人只需付给他九元三角，这七角就是他付给大家的利息。那么，标会的数额大小是如何决定的呢？那得看各人当时的需要。如果正好急用，就会将数额标得大些；如不急用，就标得小些。如果同时有数人要急用，便会揣摩别人的心思，在标数的大小上费尽心机，而尽量以险胜为理想。标会的最大获利者，是相对最为富有的人，因为他每一轮标会都会把数额标得很低，最后收取末会。

一般人都不大愿意参加纯粹帮助性质的摇会，除非是至亲好友，所以，迟至二十世纪五六十年代，标会在梅七镇上还是比较盛行。梅家的顾氏老太常常是个收末会者，每遇标会的日子，顾氏老太就像逢到节日一般的开心。她开心了便会唱起小调。她唱的小调不成调门，因此唱的什么别人不明白，只明白顾氏老太又有利可图了。

顾氏老太还在第一进西间开了一爿小店，主要卖一些糕饼、糖果、瓜子、沙炒豆、荷兰水，以及牙膏、肥皂、手纸等日用品。小店有租住他家房子的两个老太的合股。小店的经营对象主要是镇小的学生和周围的街坊邻居，收入有限，但可以聚集一些人气，顾氏老太说，因此她可以解掉一些寂寞和厌气。

和她合股经营小店的那两个老太，年纪都比她大。一个姓郭，街坊都叫她郭家大妈，我们小孩子叫她郭家亲妈。郭家亲妈看上去七十岁的样子，整天笑眯眯地沉默寡言。她好像是嘉善一个叫洪家滩地方的人，不知是何因缘孤身一人租住在梅家二进楼上的一个房间。听说她有一个儿子在上海做事,每月给她寄生活费,这个儿子我们从来没有见过。许多年之后,郭家亲妈消失了,就好像秋天的一片树叶落到地上某个地方,无声无息。另一个姓归,街坊都唤她金荣婶妈,想必她的丈夫名叫金荣,我们小孩自然都叫她金荣亲妈了。金荣亲妈年纪比郭家亲妈还大些,却是非常轻健。金荣亲妈有个女儿叫玄珠,不是亲生的。虽然是螟蛉的,但母女感情和亲生的没有什么两样。玄珠早年出嫁到西邻的兰家,但婚后第二年便守寡了。于是寂寞的玄珠就回到娘家,与金荣亲妈一起生活。不过她在兰家的房间仍保留着,有时候也去住住。我不知道金荣亲妈靠什么生活,看样子日子过得不很宽裕,所以,她对小店的生意很是上心。

晚上的时候,小店常常成为街坊邻里的聚会之所,也会有一个小小的牌局,所以非常热闹。

顾氏老太日常呈现在街坊面前的总是快快乐乐的样子,街坊们就说,那是因为她生活富裕,无忧无虑,这合了一句俗语,叫作"家宽出少年"。只有我,会在她的快乐里读出一丝苦涩、一丝凄凉。从前我以为这是因为她凄苦的底子太过深厚,现在领悟到不是或不全是,说实在的,她除了生活无忧以外,还有什么呢?

她大约为了排遣寂寞,常常会勾引别人说些轻松的话题;她自己有时候也想出些话题来引人发笑。比如有一次她说了这么一个故事:有一年冬天,庄泾村里两个老头,一个童生,一个穷人,坐在集秀庵门前,童生叫"负暄",穷人叫"孵太阳"。这时,打从西边走来个贩卖常州篦子的。那卖篦子的抬头看见跟前是一处尼姑庵,便停了下来,走到两个人身边也坐了下去。坐下之后，他忽然仰天一声长叹。童生说："客官，你好好的叹什么气呀？"卖篦子的说："这世界好难懂啊，都说'跟了和尚卖篦子'，如今这和尚都不买篦子了，岂非可叹？"他指指集秀庵，又说："和尚不买篦子了，尼姑买不买呢？"童生听了摇摇头，说："你的生意注定要落空。你想，和尚、尼姑都不长头发，要篦子何用？"童生说着也叹了口气。穷人说："相公，人家做不成买卖叹气，你白白的叹什么气呀？"童生说："我想起自己了。你看看，我都快七十了，连半个秀才还没有捞到，想想怎不伤心！"卖篦子的说："先生，那你的愿望就是中个秀才喽？"童生又摇摇头，说："岂止中秀才，我还想中举人，门前竖旗杆哩！"这时不知何时来了个背草篰割草的小孩。那小孩说："老童生，你能考中秀才就不错了，还想中举人竖旗杆？太贪心了。要我，心就很平。"说着举了举手里的镰刀："喏，有朝一日我能用金镰刀割草，那就心满意足了。"穷人听了哈哈大笑，说："傻孩子，有了金镰刀还用得着割草吗？我要是有了金镰刀哇，喏，抓一把炒豆子，坐在庵门前一边吃豆子一边孵太阳。呜哩哩，呜哩哩，皇帝讴伢① 做女婿，路远迢迢伢勿去！"说完，一屋子的人都笑了起来。

　　前面说过，顾氏老太每月有固定的二十元生活费，小店又多少有些收入，还将空余的房间出租（除了郭、金两家，门面东间楼上又租给镇小学的朱老师）。这样，她的月收入是相当可观的了。但她仍不放过任何可以进益的机会。我们这几家的下岸房子早就坍掉了，成了白场，白场临河一带长出几棵野

---

① 讴伢：即北方话"叫咱"。

桑。有一年春天，野桑抽出嫩枝的时候，顾氏老太拿了桑剪来给野桑整枝。这是企图告诉街坊，这几株桑树归她所有了。等到蚕事的旺季，她便讪笑着来采桑叶。有宝孃孃就跟邻居嘀咕，说这个顾美宝也太贪了，贪出格了。但是碍于面子，大家都不跟她计较，之后，这些桑树名正言顺都姓了顾。她把桑叶卖给附近农村的蚕农，每年都是一笔小小的收入。

后来，顾氏老太便由儿子接去温州生活。有一年她从温州回来，途中出了车祸，汽车从盘山公路上摔下谷去。还好，顾氏老太只受了点外伤。但是精神出了问题，终日神情漠然，怅怅地坐着不说一句话，这样拖了一些时日就去世了。

庵前街
11号

方慧僧文具店

方慧僧

　　我小时候见到方慧僧,他早已过了他人生的辉煌期,成了一个慈祥的七十岁的老人了。

　　方慧僧生得十分高大,一张红脸形状像他的姓,地角四方。他抽板烟,嘴里成天衔着一只深棕色有云纹的烟斗。他抽的烟一定很名贵,因为喷出的烟雾很淡很香,我父亲说很可能是兰州青条或四川金堂。方老先生似乎一天到晚坐在一张藤圈椅里,守着一个算不上店的文具店。这个店只是两条矮矮的长凳搁起两块松板,板上放着三四个玻璃盖的方盘,盘里是铅笔、毛笔、砚台、墨水、小刀、橡皮、描红簿、练习册等文具用品。这个文具店实在没有生意,方老先生也不指着这店过活,店无非是一种象征。一个西方哲人名叫塔克里的曾经说过这样的话:"抽烟斗能帮助人产生沉思默想,和蔼可亲,坦白而自然的风格。"的确如此。方老先生抽着烟斗,成天坐在藤圈椅里沉思默想,脸上永远是一副和蔼可亲、坦白自然的表

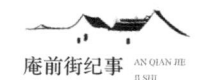

情,但人望去总有些莫测的神秘。

方慧僧,又名方知蝉,诸暨人。据说他年轻时是挑了一副担子携妻带子来到梅七镇的,一二十年之后,他居然成了拥有上百亩田地和多处房产的富人。

我父亲十分佩服方老先生,他常常会携了我去拜访方老。他们聊起来很是投机,谈话内容我已经记不起来,总之,父亲当着方老的面,要我多来方家,多听听方老爹的教诲。现在回味起来,方慧僧似乎对老庄有些研究,对陶潜也很熟悉,在他的谈吐里,时不时带出二人话语的印迹。

方慧僧是在七十多岁时因脑溢血突然去世的。据他家人说,他脸上十分平静,毫无一点痛苦的表情。方慧僧就像是一本内容很丰富的书,可惜由于年龄的阻隔,我没有机会去翻阅。

方老先生的妻子方老太太很是高寿,在丈夫过世后又生活了三四十年,直到一百零二岁高龄无疾而终。据说她年轻时非常辛劳,有一次到临盆还在地里劳作,她竟然自己为自己接了生。她这么辛苦,又这么长寿,什么原因呢?子女们说,她一生无心无思,从不曾为一点事烦恼过。八十岁以后她的耳朵背了,说起话来声音特别响。来梅七镇近八十年了,却仍然一口诸暨腔,尽管说话声音很高,却基本没让人听懂。过一百岁后,政府发给她每月两百元的长寿津贴,当民政干部把钱送到她手里时,方老太太迷惑了,说:"这是啥钞票哇?"告诉她是政府给的长寿金。她似乎听懂了,就咧开缺牙的嘴响亮地笑了。

方自重

  方家的孙辈，只有方老二方增寿的儿子方自重住在庵前街祖屋。方自重是个沉默寡言、落落寡合的人，也不知是生性如此，还是长期压抑成如此。他虽住在镇上，却没有城镇户口，他是以照顾祖母的名义，申请将户口从洛东迁移到镇郊孟家园生产队的。傍晚的时候，我常常见他挑了满满一担猪粪，从他家后院出来，沿庵前街向东，转过梅匏生炒货店的屋角便不见了，显然是上众安桥去孟家园自留地的。

  方自重整日忙里忙外，似乎有干不完的活儿。因为忙吧，他和街坊们没什么交往，甚至连招呼也顾不上打一个。在这一点上，他与他祖父有相似之处，就是，远离生活而又在生活的紧锣密鼓之中，所不同者，方僧慧呈现出来的是悠闲，而他则是忙碌。

  方自重结过两次婚。前妻给他生下一个儿子后去世了。很快，他就续弦了。续弦又给他生了个女儿。他这个续弦夫人可有些特别，就是，她竟是个美国人，确切地说，身体是美国人，精神是中国人。怎么讲呢？

  听街坊们背地里说，这个女人的母亲是县城城郊一个村子里的妇女，三十年前被天主教堂的一个美国神父强暴后怀孕了。这个美国神父播完种回美国了，她母亲只得背负了屈辱将她生下。可以想象，她母亲是在怎样一种境况下将她抚养成人的。总之，后来她成了方自重的妻子，而且夫妻感情很好。她在形貌上完完全全是美国人，体态颀长丰满，金发碧眼，鼻子高而尖翘，但操一口道地的梅七镇土话。她刚嫁到方家时，街坊觉得非常稀奇，在背后指指戳戳；小孩子不懂事，甚至当着她面喊她"外国人"。她显然早有思想准备，不怨不恼，依然和颜悦色。久而久之，人们也就习惯了。

其实，这是个非常不错的女人，勤劳、淳朴、和气、随俗。几年下来，她已完完全全融入庵前街的生活圈子。她有时闲了也串门，女人们坐在一起，在冬日的阳光里一边纳鞋底或者织毛衣，一边说说笑笑，亲密无间。她叫惠卿。惠卿实在是一个很成功的女人，她相夫教子，几年下来，她与丈夫一起将一个艰难的家变成了一个差不多赶上小康的家。

庵前街 12 号

皮黑心水果行

皮黑心

皮黑心，本名不传，安徽人。他年轻时从安徽来梅七镇学生意，后来与野鸡滩的龙官合开了这家水果行。再后来龙官撤走资金，水果行成了皮记水果行。

皮记水果行有三大开间的门面，店堂内一色赭色花岗石墁地。临河，靠东是账房，账房三面玻璃窗，十分明亮；中间是石埠，石埠坦坦宽宽；靠西是一个长长的女儿靠，他们叫荷荇靠。

水果行不做零售，梅七镇人叫门庄生意，专做批发。每当货船停到，即由雇定的工人称挑头师傅的卸货。挑头师傅将一箩一箩的水果码在石板地坪上，清点、核对、过磅之后，再分送到镇上各家水果店去。皮家的挑头师傅是家住孟家园的绍兴人，名叫计圣高。

皮记水果行只做批发不做零售，似乎可惜了三开间的门面，所以后来有个叫岑根生的与皮黑心商量，利用其中的一个门面，摆了一个水果摊。岑根生水果摊的货源当然从皮记批得,他与皮记自有经营的协议。

后来皮黑心老了,就把水果行交给长子皮锦文。皮锦文,小名小狗,大家都叫他皮小狗。皮小狗看来没有经商的才能,他除了死了老婆又续弦一个以外,就是将水果行的营业越做越差,最后只得将所有的经营权交给了岑根生,他只收取股金和房租。看后来的情景,皮家是越来越收不起股金和房租了,所以我们会见皮黑心隔一两个月来水果摊问岑根生要账。

那时皮黑心已七十多岁了,臃肿,迎风流泪的烂眼皮,行动迟缓,颤颤巍巍,一副风烛残年的样子。他站在岑根生水果摊前的当街,一边用肮脏的手帕擦流泪的眼睛,一边与岑根生论理。说着说着,就吵起来了。他一面吵,一面跳脚,还一面大起舌头骂人。

皮家人都是天生的大舌头,尤其皮黑心,满口的安徽话,话又急又快,所以他说了半天,别人连一个字也没有听懂。倒是夹带其中的骂人话,像他衣襟上沾满的块块污渍,非常清晰。

皮黑心与方僧慧一样,也是来梅七镇以后白手起家创下一份殷实家业的。新桥河南皮家三进的宅院是曾经殷实的证据。

皮黑心和岑根生吵完架,瀺唾水汤汤滴,被人连拽带拉劝走了。

就在这一年的年底,皮黑心去世了。他到死都未能与岑根生和解,让人很是感慨。从此,皮家再没人来跟岑根生啰唆了,皮记水果行仿佛是岑根生的了。

岑根生

岑根生不像是梅七镇本地人,说话里带一点嘉兴口音。他家住太平巷一幢木板房子里,来水果店做生意是早出晚归。他有个外号叫呆大,人当面叫他呆大根生,他也应。我不知道他何以会有这么个外号,其实他一点不呆,非但不呆,还很精明。举一个例子:有一年市面上甘蔗特别多,价格特别便宜,根生就收购进几十件。人说,这么多甘蔗你卖得掉吗?根生笑笑,将这些甘蔗藏到窖里。同行们知道他要干什么,就讥笑他"呆",说,甘蔗是极难保存的,一开春就会变红变灰变黑,烂掉。虽说进价便宜,几十件也是一笔不小的资金。第二年夏天,气温特别高,根生起窖了。结果几十件甘蔗绝大部分烂掉了,但尚有十来件近百根甘蔗仍然完好,根生便一根根刨白了论节卖。暑天里的甘蔗,分外的脆甜,价钱自然比平时高出好几倍。大热天能吃到鲜甜的甘蔗,稀奇,价钱再高也有人买。有人替根生算了算,这百把根甘蔗他赚了差不多全部进价的两倍还多。同行们这才领悟到,呆大根生实在不呆。

根生从事水果行业据说是三考出身,是正式拜过师的。他削梨、扦苹果那是绝对的规范:梨或苹果削好扦好送到顾客手上,果皮仍然包裹着果肉。当你吃的时候,薄薄的果皮一圈一圈剥下仍然是连着的,就像一条带子。他刨甘蔗也是一样,动作利索,只听"嘶嘶"的刨声,仿佛甘蔗自己脱掉了蔗衣。秋天卖菱角,用干荷叶包菱也是一门技术。俗话说,荷箬叶包菱——里戳出,但根生包的菱绝不戳出。这就是根生的本事。

根生有一妻、一子、一女。妻儿三个都很瘦,只有根生自己壮实得像头牛。一家人就指着根生的水果店,生活似乎很不错,根生很是满足。他有时候高兴了,会站在自家店门前,蓦地亮起嗓子吆喝道:

"平湖西瓜甜啦咧!

鸭梨贱啦咧!"

庵前街
13号

兰丽清粽子店

兰丽清

夏天的晚上，因为低间浅屋，热，兰家老太太便搬一把竹椅坐在门前的电线杆下纳凉。一条庵前街就数我家和兰家这位老太乘凉乘得最晚。更深人静之后，远远望过去，老太太黝黑模糊的身影佝偻在椅子里，头顶一团昏黄的街灯光晕晕地打着她，就像舞台上的一束追光。她坐着一动不动，好像一座雕塑，显然是睡着了。忽然传过来一阵蒲扇拍打的声音，是蚊子打扰了她的清梦。拍打几下又停下了，又变成一座雕像。一个眼错不见了她，她坐过的地方只有晕晕的一团灯光。

兰老太有子女二人，女即兰丽清，子叫兰庆章。兰庆章在与金玄珠成婚后的第二年得病死了，未能留下一男半女。于是兰丽清便为坐家女，招婿入赘。

那时候，梅七镇小学里有个体育教师名叫羊振山。羊是崇德县人，一表人才。他看中了兰丽清，天天早上来吃豆浆粽子。秋冬季节兰家还卖熟菱。头天晚上，一个很大的缸缸灶，闷了一大镬子老菱,羊振山就天天晚上来等买热老菱。不久之后,羊就成了兰家的上门婿。

八一三抗战事起,梅七镇小学停办,许多青年教师在校长全昌镛的带领下,离开梅七镇,去浙西的天目山教书。羊振山没去,他参加了国民党梅七区的游击队。不久,桐城沦陷,伪县政府就设在梅七镇小学。伪县长叫归起人,吴江人。伪警察局设在土地庙。伪局长叫杭和春,是江苏丹阳人,他后来被游击队打死了。

国民党梅七区游击队一直在梅七镇附近的乡村活动。这一支几十人的部队,人员非常复杂,有行伍出身的军人,有热血青年,有常常在龙园茶馆寻衅闹事的白相人,也有混进来的土匪流氓。游击队打日本人,打汉奸,羊振山热情很高,有知识有能力,还有魄力,很快,他就被上司赏识,提拔为国民党梅七区区长。成为区长之后,目标大了,日本人于是设计,在一天深夜将他抓获,关进了监狱。在狱中,他认识了温岭人中共地下党员邬祖茂。

大约1948年的时候,邬祖茂准备组建一支地方武装,以配合全国的解放战争。他找到羊,亮出自己共产党地下党员的身份,要羊合作,羊一口答应了。不久,在羊的参与下,经与镇上各方斡旋,一支名叫"浙西被压迫人民联合军"的部队成立了。一张白纸黑字的告示贴在集秀庵山门上,告示上有两枚鲜红的印章和司令邬祖茂的签名。

1949年,梅七镇解放。邬祖茂在与解放军嘉兴驻军联络上之后,便带了部队去嘉兴,并在嘉兴城隍庙召开接收大会。会后,经甄别,一部分素质好的直接参加解放军,随大军一同开赴福建。素质较差的,就解甲遣返回梅七镇。邬祖茂本人当然不再回梅七镇了,据说他后来成了解放军的随军记者和新华社记者。20世纪80年代他重回梅七镇,成为梅七镇中学的一名教师。

羊振山不到四十岁就去世了,身后留下两个儿子。从此,兰家老小四口的生活全部落在了兰丽清的肩上。

兰丽清是个极其坚韧的女人。她说话不多,每天出出进进为生活奔波。也不与人交往,仿佛跟世人隔了一层雾障。现在想来,这是她洞达世事后的淡定吧。

> 庵前街 14 号

王元娜烟杂店

王元娜

王元娜是个孤身老妪,干瘪,抄下巴,枯黄夹枯白的头发挽成一个小小的丫髻,垂在后脑,整个形象使人想起《红楼梦》里的刘姥姥。

她大约是镇东边的乡下人,早年就到镇上来摆摊谋生。起初租住在众安桥,后来搬迁到这里。她有个女儿叫杏宝,母女相依为命。后来杏宝嫁给我的叔父,成了我的婶婶。读者如果还记得的话,我在写叔父时提到过王元娜,就是当我一天晚上在叔父家受辱时,是她同情了我,并且举了麻梗火把携着我送我回家的。

我不知道王元娜更多的故事,但她肯定有她自己的故事。她一生自食其力,从未得到过女儿女婿经济上的帮助,反过来她倒帮衬过他们。这样的人,如同荒滩上长出来的一棵野桑,叶发叶落,自生自灭。世界欠她,她不欠世界。

庵前街15号

鞠占奎住宅

鞠老太

鞠家也是一幢大宅,街面虽然只是两开间的楼房,里头却有好几进房子,还有园子。庵前街没有簪缨之家,鞠家工商兼地主,不算数一也算数二的大户了。到我记事时,鞠家老太爷早已过世,老太太还在,白净瘦小,一双莲瓣踏出来的意态,显示其闺秀的风范。

鞠老太太不是正妻,是续弦。正妻留有一女,她生了两男一女,总起来说是两男两女。两男:长名占奎,娶墨荷坊龚氏糖坊的长女龚素芳为妻,育有两女一男;次名占鳌,妻子斯翠芬,仓前街斯氏豆腐店的长女,育有一男三女。两房早已分家单过,但包容在一宅之内。两女:长名不传,适庙桥北堍竹家;二女也不传其名,适杏林街韦家。

鞠家给我的最初印象是鞠老太太的丧事。丧事不好算排场,一般的挽联挽幛,一般的披麻戴孝,一般的僧磬道钹。但是这一切比之一般人家都要考究。有一个细节,至今仍在我脑海里鲜明如画,那就是停放在门厅东边的棺木。棺木的颜色已经暗淡模糊,显然年代久远又没有年年加漆,但材质看得出相当的不错。装裹的海被桃红柳绿条纹相间,一半铺在棺底,一半搭在棺壁。冬日的一脉斜阳从屋檐上披洒下来,落在全新的海被上,竟会生出融融的暖意,因此灵堂没有了死亡的恐惧和悲凄。街坊们说,老太太八十好几了,是老熟,儿孙满堂是喜丧。

这种少年时对死亡的最初印象,直到中年以后读陶潜的诗才得到印证。陶渊明说:"三皇大圣人,今复在何处?彭祖爱永年,欲留不得住。老少同一死,贤愚无复数。"因而应当"纵浪大化中,不喜亦不惧。应尽便须尽,无复独多虑"。这种对生死的达观态度,实际上在我小时候,于鞠家老太太的丧事上已经上过第一课了。

鞠占奎

鞠占奎是鞠老太太的长子,某一年曾和一女子偷情。东窗事发事后,长房里不见闹腾,反而更加平静,这让街坊觉得有些意外,也有些遗憾。但是深一层想想,这是必然的。为什么?恐怕原因有三:首先一条,鞠妻龚素芳出身大户,有教养,懂得利害关系,虽然怨恨,也只得隐忍。二是鞠现戴着帽子,万一闹腾起来,被抓起来吃官司于整个家庭大大不利。三是经此一事,鞠在家里矮了一截,在街面上也抬不起头,从此掖起脑袋做人。

鞠占奎的两个女儿都长得好看,皮肤白,五官周正,有媚色。有故事可说的是次女晓莉。鞠晓莉虽然好看，但眉宇间总好像有股呆气。鞠占奎像许多梅七镇人一样，喜欢苏州评弹，是所谓的老听客。江浙一带到处有苏州评弹的老听客，鞠占奎似乎更是痴迷。因为痴迷，进而希望自己家也出一个唱书的艺人。他认为他的二女晓莉可以。

有一年冬天，留馨园来了一档夫妻档响档。不知怎么一来，鞠占奎与他们拉上关系。一天，他请这一对夫妻来家，摆了一桌酒宴，让晓莉当场拜了师傅。过了几天，艺人开拔，鞠晓莉就随师傅学艺走了。据说，为此鞠家花费了一大笔拜师钱。

大约两三个月后，鞠晓莉回家探亲了。探亲期间，她天天清晨在集秀庵后一棵老柳树下咿咿呀呀地吊嗓子。一日，她去众安桥冯记酒酱店打酱油，从庵前街上过，有宝嬢嬢问她说："莉莉，你去苏州学唱书有多长时间了？"

鞠晓莉倩倩一笑，回答说："已经有三固（个）半核（月）哉。"一口软糯的苏白。

梅七镇人的嘴一向很臭。闲人对于鞠晓莉的回答，背地里说开了闲话：学了才两三个月的评弹，回来就一口苏州话了。这话传到鞠家人的耳朵里，人言可畏，只好出来解释说，这是莉莉的师父定的章程，因为莉莉要学会苏州话，必须天天说时时说，这叫拳不离手、曲不离口。的确是这样的。比如学英语吧，也得天天说、时时说，最好和外国人对话。学评弹又不是苏州人，当然也得如此。现成一个例子，评弹名家诸葛琴。诸葛琴也是梅七镇人，据说她原是北郊一个剃头师傅的女儿，从小卖给众安桥吴万兴糕团店做养女，后来不知怎么跟了一档唱评弹的学了艺，竟然成了响档。诸葛琴也跑江浙一带码头，曾经到过乌镇,但她就是不来家乡梅七镇。为什么呢?说是来梅七镇,说起书来不自由。怎么不自由呢?因为苏州评弹必得要插科打诨,讲一些掌故、口头禅,佴苏州从前怎么怎么。诸葛琴怕梅七镇人嘴臭,说你明明梅七镇人嘛,瞎充什么苏州人。还有一个反面例子。西詹桥黄家铁店的黄三是个苏州评弹的老听客,他的妻子叫孙丽芬,就是北廊棚开茶馆的孙金卿的女儿,长得风骚漂亮,却是得产后风死了,后来黄三看上了一个来梅七镇唱书的女下档。为什么呢?因为这女下档像极了他死去的妻子。他就拼了命追求,甚至跟了这一档说书先生一连转了好几个码头,终于感动了那女下档,二人结了婚。结婚之后,他也下海了。他当然不会说书唱曲,也不会弹琵琶弦子。那时恰逢评弹改革,所谓改革,主要是在配器上做些改良,增加了胡琴和三角铃、木鱼之类的打击乐器。黄三就坐在中间司铃司木鱼。梅七镇人改不了臭嘴,说黄三混充苏州人了。

鞠晓莉学了大约一两年之后,有一天回来了。这回可不是来探亲的,而是辍学了。不久之后,有流言传来,说鞠家的女儿聪明面孔笨肚肠,她师父说她不是唱评弹的材料。总之,鞠晓莉回来了,从此不再说"三固半核"了。她后来进了饮服公司,当了一名饭店服务员。

庵前街
16号

鞠顺泰水果行

温州大伯

鞠家住宅街对面的下岸是鞠顺泰水果行,那是鞠氏祖传的产业。鞠顺泰水果行和东面的皮黑心水果行一样规模,也是三大开间的门面。店堂内一色赭花岗石墁地,临河的账房三面玻璃窗十分明亮,宽宽的石级水埠,木制的荷荇靠。鞠顺泰水果行是鞠氏自家经营,营业也比皮氏水果行好,好得多。鞠顺泰的挑头师傅有两个,一个叫春林,一个叫温州大伯。值得一说的是温州大伯。

温州大伯是温州人,也不知是什么时候、什么原因,他和他老婆来到梅七镇。大人们说,他们来梅七镇几十年了,却仍操着一口温州腔,说的话十句里只能听懂一两句。因为交流困难,所以他们的姓名一向不传;因为他们是温州人,大家就叫他温州大伯;他的老婆自然就是温州大妈了。

温州大伯一家住在集秀庵后边一个很大的土丘上,我们小时候叫它土山。后来才知道那不是山而是坟,山一样大的坟。这坟形似馒头,坡地波浪似的披落,与平地连接,总面积可三四亩,绕坟一周约有一里多路光景。温州大伯把家安在坟顶,一排三间土坯茅草屋,还有猪圈和羊棚。屋后栽了些白杨之类的树木。坡地轮番种的是蚕豆、小麦、番薯。番薯是起塄扦插的,一条挨一条的地塄子从坟顶放射般斜贯到坟脚,如果航拍,就像一个巨大的撑满辐条的绿色轮子。

温州大伯有个儿子,那时有二十岁了,也是一口温州话。他们一家就靠这三四亩坟地生活,再就是给鞠顺泰水果行当挑头。之外,父子俩还扛了鹤嘴锄和翻子到处去垒树根。他们将垒得的树根扛回家,用长柄斧劈成柴爿卖给饭店或柴行。

温州大伯的一条腿是瘸的,走起路来仿佛摇船,但十分壮实,并不妨碍他干力气活儿。

剩下一个问题是:这坟地怎么就归属了温州大伯一家呢?许多年后我才知道,这坟其实很有来头。原来这是南宋朝白妃的坟。据史料记载,梅七镇七贤中的老三梅奉镒,是南宋末年安王府的郡马,也就是白妃的丈夫。宋亡,白妃亡命来到梅七镇,死后就营葬在这里。据《西岭杂记》记载,此坟坟前栽有一棵银杏,坟后有太湖石石人,那是元代时的旧物。到民国十六年(1927)区谦之修《梅七志》时,银杏还在,"石尚横卧岸侧,长约二丈余"。但到温州大伯选择此地构屋开荒时,石、树早已不见,也不知白妃还是不是安然沉睡于地下?我因此想,这世上的人有贫有富,但一样受命运的拨弄。贵为王妃的白妃本应寿终正寝在宫中,却不得不终老于小镇梅七;温州大伯一家呢,可以说是来路不明,是犯了官司?是躲债?还是逃荒?梅七镇人颇多疑点。

庵前街 17 号

竹如悃住宅

竹汝悃

竹汝悃是竹家老二,是个十分聪明的人,自小酷爱音乐,二胡拉得鲜活。他中学毕业后想报考上海音乐学院。为什么想考音乐学院呢?因为镇上有个先例。也是梅七镇中学毕业的河对岸贾家的儿子贾云飞,凭借一把自做的小提琴、一首梅七镇邬记黄爵店的叫卖小曲,进入了这所音乐殿堂,所以竹汝悃也想去试一试。

竹汝悃携一把二胡去上海,找到贾云飞,说了自己的想法。贾云飞一番踌躇之后,只得直言相告,说现在跟自己当年报考情况已经完全不同。照你眼下的二胡水平及掌握的相关知识,要考上,会有相当的难度,劝他还是从实际出发,报考相对有把握的学校。就这样,竹汝悃一丈水退掉八尺,只好放弃了。这又是人生际遇的一个反证:生不逢辰,人要学会放弃,放弃也是一种明智的选择。

后来竹汝悃考上了浙江大学物理系。大学毕业,他被分配到一所中学任教。竹汝悒不愿意教书，就窝在家里。那时大学毕业是包分配的，国家培养一个大学生不容易，因此，赖了两三个月之后国家妥协了。自然，再分配的工作不会比教书好——他被分到国营临清丝厂当了一名保全工。这一干就是几十年。

改革开放之后，他的才能被充分发挥出来。他解决了缫丝行业的一些技术难题，也革新了一些工艺项目。为此，他由保全工升任技术员，由技术员升任车间主任，由车间主任进入厂领导班子，再升任副厂长、厂长。这几十年里，由于他的不断改革和创新，临清丝厂的产品利润逐年上升，他被公认为厂的功臣，赢得了上下一致的赞誉。当国有企业转资之风刮来时，他是第一个有资格转资该厂的人，但是他放弃了。

后来的事实表明：买了厂子的人成了百万富翁，但是竹汝悒一点也不后悔。他退休后，以每月三千多元的退休金度日。

田文珍

田文珍是竹汝悒的嫂子。在未成为嫂子之前，她与他们兄弟一直是兄妹相称。这是怎么一回事呢？这还得要从头说起。

竹汝悒兄弟的父亲竹茂昌原是方家田庄的管家。1937年冬天，一天，他下乡去收租，傍晚回来时天下起了大雪。路过集秀庵后的庄泾，见一男一女两个人倒在路边，已经气息奄奄。他立刻跑进庵去喊了两个香火，一同将他们救到庵中，一碗热腾腾的薄粥将二人救醒了过来。他又回家拿来棉衣棉裤，施舍给他们，并和庵主商量，让他们暂时在庵中存身。这一对夫妻就是田文珍的父母,他们是从温州永嘉一路逃荒来的。之后,由竹茂昌说合,田宝庆夫妇成了方家庄泾田庄上的佃户。庄泾就在集秀庵后,离庵前街很近,所以竹茂昌让出了东厢房,使田氏夫妻暂时有了安身之所。一年后,田文珍就出生在竹家的东厢房里。此后好些年中,田文珍都是和竹家兄弟俩一起长大的。

新中国成立后,田宝庆是庄泾第一任农会主任。土地改革,田家分得了土地和房子,便从竹家搬了出去。田家和竹家在当时属于两个阶级,但是田宝庆一家一直铭记着竹家的恩情。

1956年的时候,竹茂昌夫妻已相继过世。这时,竹家弟兄都已长大,兄长竹汝恒在北京念大学,弟弟竹汝悃也考上了浙江大学。田家呢?田文珍的母亲在生田文珍时就因难产去世了,这几年田文珍都是父亲一把屎一把尿拉扯大的。田宝庆现在是庄泾高级农业合作社社长兼支部书记,成天忙着社里的事情,一个家完全托给女儿田文珍了。

田文珍任何时候都是恬恬静静的,做什么事都是不急不躁,一双眸子明净地漾着笑意。庵前街上的人都称赞这姑娘,背地里叫她庵后美人。说话田文珍就十九岁了,来提亲说媒的把田家的门槛也踏勩了,田文珍却总是静静地笑笑,没吭声。

1957年快过年的时候,有一天,田宝庆对女儿说:"文珍,你汝恒哥在湘湖病了。他们农场通过我们县里来找乡政府,想让汝恒回梅七镇来。乡长跟我商量,意思是落实到我们庄泾,我二话不说就接受了。"

田文珍一听竹汝恒哥哥病了,非常担心,说:"爹,应该马上把汝恒哥哥接回来才好。"

田宝庆说:"是呀。可年夜脚边,社里事多,各家也都忙，又是这样的差事，谁愿意去呢？"

田文珍说："我去吧，我去接。"

田宝庆说："你一个女孩子家怎么行？"

田文珍说："怎么不行啊？"

田宝庆见女儿一副着急的样子，就明白了她的心思，想想也只有她比较合适，就同意了。就这样，田文珍连夜准备好该带的东西，打听好路径，第二天一早拿了介绍信就动身了。

从梅七镇去湘湖路不近，当天只能在省城杭州过夜。田文珍在车站附近找了一家小旅店住了一夜，第二天一早草草吃过自家带的干粮，便搭乘一辆拖斗车一路颠簸来到湘湖。

竹汝恒不是北大学生吗，怎么会在湘湖农场呢？个中原因我不说，你也知道，那我就不说了。

只说田文珍到达湘湖农场天色已晚。偌大的湘湖，湖水在幽光里明灭着，湖边是一团一团灰蒙蒙的绿树。农场场部在湘湖边的山脚下，办公室亮着灯。田文珍推开门进去，只见一个刀条脸的女人趴在桌上写着什么。田文珍打声招呼，把介绍信递了过去。那女人抬起头朝田文珍看了半天，说："怎么派个小女子呀？"

田文珍安静地笑笑，说："小吗？不小了，都十九了。"

刀条脸的女人，脸无表情，走到门口，朝山上喊："老葛！老葛！"

不一会儿，山上下来一个矮个子男人。女人说："带这女同志去招待所。"又对田文珍说："具体你跟老葛同志交接。"说完，把介绍信往老葛手里一送，转身回到办公桌，继续写她的东西。

老葛一目十行地看过介绍信，就带田文珍上山。招待所在半山腰，安顿好以后，田文珍央老葛马上带她去见竹汝恒。老葛说："都这么晚了，你一个女孩子不方便，明天吧。"

田文珍说："没有什么不方便，谢谢你带我去吧。"脸上挂着笑，口气却不容回绝。

矮个子老葛面对美丽女孩那一种意态，无法推却，只好笑笑，耐心地等她吃晚饭。吃过饭，老葛带她去见竹汝恒。走了一段路，又转过一个山嘴，只见有一片高大的山毛榉小树林子，林子边一排七八间平屋，就是农场工人的宿舍了。

老葛把田文珍带到第三间屋门口，就转身离开了。田文珍轻轻推开门，就见一个男子低着头，捧着碗，坐在一张矮凳上吃面条。

田文珍虽然一见便知是竹汝恒，却没有料到几年不见，他会变得那么苍老、憔悴，胡子拉碴的，好像已是四十几岁的中年人了。看到这副样子，田文珍鼻子一酸，忍不住，眼泪就下来了。她颤着声叫了一声："汝恒哥哥。"就哽住了。

竹汝恒这才抬起头，不由得一惊。可他随即又低下头去，一声不吭。

田文珍快步进屋，放下手里的东西，在竹汝恒身边蹲了下来，望着他的脸说："汝恒哥哥，你到底是怎么了？"

竹汝恒凄然一笑，说："文珍，我，我没什么。我说错话了……你怎么来了？"

田文珍说："说是你病了。什么病？要不要紧？"

竹汝恒说："也不是什么大病，就是累赘。——我长疥疮了，老也治不好，还越治越厉害。"

田文珍这才注意到他脸上手上密密麻麻红色的疹子。就说："很痒吗？"

说起"痒",竹汝恒立刻浑身痒了起来,便用手去抓。

田文珍说:"汝恒哥,别抓。你忍一忍。药呢?我给你搽药。"

竹汝恒说:"我自己搽吧,我自己搽。"说着起身去取药。

田文珍过去接过他手里的药水,说:"汝恒哥哥,你坐下,让我给你搽。"

竹汝恒不肯,说:"这怎么行?很脏的。"

田文珍不听,硬是把竹汝恒摁在凳子上,就细心地给他上药。手上脸上搽完后,说:"身上也有吧?"说着要去解他衣服。

竹汝恒摁住她手说:"身上我自己来。"

田文珍说:"你自己能行吗?前胸行,后背呢?"说着又去解他衣服。刚解了两个纽扣,停住了,说:"太冷了,会感冒的,得生个火。"

竹汝恒从床底下拖出一只破面盆,好在门外堆着许多杂树样子。田文珍很快就把生好火,屋子里顿时就暖和起来。于是继续搽药。竹汝恒一路遮遮掩掩的,都叫田文珍用手打掉了。上身搽完,要搽下身了。这时,竹汝恒无论如何要自己搽。田文珍说:"前面你自己来,后面还是我帮你搽吧。"

竹汝恒说声"不用",望着田文珍。田文珍背过身去,说:"前面搽完你喊我一声。"

竹汝恒搽完前面,没喊田文珍。田文珍估摸着前面已搽好,便命他背转身去。竹汝恒不肯,田文珍一个转身,竹汝恒愣住了,赶紧用手去遮掩。田文珍将他的身子一拨,就搽他的臀部和后腿。

搽完,田文珍伺候他上床睡觉。又跟他约好明天回梅七镇的事情,便回招待所了。

第二天，田文珍带着竹汝恒去场部办过手续，拿了几件简单的行李，便离开了湘湖。

回到梅七镇之后，田宝庆把竹汝恒的户口落实在蔬菜队。安顿之后，第二天田文珍便带竹汝恒去了一趟晏城，看了一个有名的中医外科，配了三十来包草药，每天早晚两头熬了黑黑的药汁搽抹。一个月之后，疥疮平复，皮肤上也不留什么疤痕。又过了一个多月，经过调养，竹汝恒恢复了昔日的容颜。其间，田文珍自然知道了竹汝恒遭遇到了什么；知道竹汝恒在出事前，已经和同系的一个女同学相恋了一年多，及至事情一出，那女生便流着眼泪和他分手了。

1958年新春刚过，田文珍和竹汝恒结婚了。对于他俩的婚事，梅七镇上说什么的都有，惋惜的，嫉妒的，当然更有祝福的。但是田文珍他们只是过自己的日子。田文珍也不让竹汝恒认真去蔬菜队，说："做你爱做的事情吧，我可以养活你的。"

田文珍会裁缝，而且手艺不错。镇上是缝纫社的天下，田文珍就和许多个体裁缝一样，去乡下做上门生意。梅七镇一带农户请裁缝，每天付一定数额的工资，管两顿饭，所以很讲究数量，数量做得多，被认为是好裁缝。所以裁缝们做生活出手都很快，因此有时难免出错。一次，一个裁缝因为赶数量，将一件中山装的一个袖子上反了，主东家的儿子怎么穿都穿不进去。师傅已经换人家了，只好跑几里路去问他，结果他一拍脑门儿说："要死了，要死了，两个袖子忘分正反面，裁成一顺了。"好在衣料是自家织、染坊染的土布，正反面不太分明，就把那缝反的袖子拆了，翻个身缝上算了。

我见过田文珍在农户家干活儿的情景。有一次我去安桥姑母家，姑母家正请裁缝，请的就是田文珍。我和田文珍虽是街坊，但两家隔得远，平时接触比较少，我又是个孩子，和她更是不熟。现在给了我这么一个机会，我可以近距离观察她怎么行事了。

田文珍果然年轻、美丽。她态度娴雅，脸上漾着浅浅的笑意，说话柔声细气，给人很温顺很亲切的印象。显然，她的技艺很是娴熟；她手势不快，但没有重复动作，量身、画线、裁剪一次完成。缝纫，无论直线、斜线，还是转脚，都不用停下。

我仗着自己年纪小，可以口没遮拦，就直接问田文珍："文珍姐姐，你怎么想到要跟汝恒哥哥好？"

她先不回答，汪着眼波看我，半晌，笑眯眯地说："汝恒他打小就长得好看，还总护着我，不让别的小孩欺负我。"

我又问她："汝恒哥哥在家干什么呢？"

她轻轻告诉我说："他在写一本书。"停了停，又叮嘱我一句："你不要出去声张啊，我们可谁都不曾告诉过的。"

我就向她保证，绝不告诉别人。

那天，我们还谈了他们夫妇日常生活的一些情况。听得出，田文珍很爱竹汝恒，竹汝恒也很爱她，他们夫妻感情很好。

我信守诺言，凡她那天跟我说的，我一个字都没向任何人吐露过，哪怕自己的父母。

二十多年过去，竹汝恒的问题改正了。因为他是北京大学毕业的高才生，县教育局要分配他去县中学教书，但是竹汝恒不愿意离开梅七镇，他说因为他的妻子和儿女都在梅七镇，所以他就去了梅七镇中学。两年以后，他二十年里写成的一部长篇小说出版了，据说读者反响很是热烈。这书田文珍也送了我一本。不是矫情，我读了一个通宵，差不多将一块手帕都揩湿了。

庵前街纪事 AN QIAN JIE JI SHI

庵前街
18号

许长林铁匠快口铺

许长林夫妻

许长林铁匠快口铺在梅乾庚老宅对街的下岸，双开间门面。店门口挂一块木板招牌，灰白底黑字，字是规规矩矩的正楷，下方还画了一把剪子，形象生动。

店主许长林，镇人都叫他许师傅。许师傅是金华人，据说是日本人来时，挑了一副铁匠担子逃难到梅七镇的。这铁匠铺只师徒二人。每天清晨，铺子里还暗蒙蒙时，师徒俩就已经腰里束了皮裙，师傅小锤，徒弟大锤，叮叮当当地在铁砧上劳作了。他们在敲一块通红的铁件，师傅用小锤意在指点，徒弟用大锤才是锻打；小锤指到那里，大锤打到那里。这好比是演奏，师傅是指挥，徒弟是乐手；小锤是"叮"，大锤是"当"，"叮叮当当"的乐音伴着蹦跳的火星清脆悦耳，流淌在大半条庵前街上，也引来铺子前一圈围观的孩子。

两个锻件打下来，即便是寒冷的冬天，徒弟也汗淋如雨了。

这师徒俩干活儿，从来不说话。曾经有一天，我差不多一整天守候在那里，为的就是想听他们说一句话。他们好像看透我的心事一样，一整天就是一句话不说。甚至吃饭、喝水时也不说，这就怪了。张岱《陶庵梦忆》里有一篇《王月生》，写南京朱市妓女王月生，寒淡如孤梅冷月，含冰傲霜，不喜与俗子交接，甚至与当意者同寝半月也不说一句话。有一天，她口嗫嚅动，闲客惊喜，走报那位当意的公子，说月生开口了，哄然以为祥瑞。但见她憋红了脸，还是不说话。那公子再三请求，她终于说话了，却只是塞涩地说了两个字："家去。"

许氏铁匠铺的师徒俩肯定不会有王月生的孤傲，他们多半只是不喜说话。猜测一下，或许徒弟原本是爱说话的，因为师傅不喜说话，他也就不好饶舌了。

其实，许氏铁匠铺并非一天到晚没有人声，许师傅的妻子就很爱说话。她常常会扯起金光光的嗓子喊她的孩子回家吃饭——"金生！华生！吃饭了。"

她叫钟子千，人很壮实，皮肤有些粗糙，龅牙，为人直爽。来梅七镇几十年了，能说一口流利的梅七镇话，但字头话尾还带一点点金华腔，尤其在她叫她的儿子吃饭的时候。

她和小学校长车有恒的妻子路凤仙走得很近，差不多像亲姐妹一样，因为车有恒夫妻也是金华人。她们俩和本地人说话操的是梅七镇话，她俩之间说话就说她们家乡的话，叽叽呱呱，一行说一行笑，说的什么，别人连一个字都听不懂。

从前客边人在梅七镇，与人交流，就有这两套本领。这是他们保护自己的一种手段吧。那时在梅七镇的客边人，最多的是绍兴人、苏北人，当官的大多山东人，此外还有苏州人、无锡人、杭州人、湖州人。绍兴人最是口音难改，或者他们认为绍兴人正宗，不用刻意在口音上与本地人套近乎。苏北人就不同了，他们历来被人看轻，在梅七镇苏北人基本聚居在东郊十景塘边。他们是摇着一只破破烂烂的蒲鞋船来的，先是将船停泊在河岸边，住在船上，后来上岸了，捡些乱砖碎石垒个窝。慢慢地上岸的多了，垒的窝也多了，俨然成为一个"小区"，梅七镇人称之为"江北棚棚"。苏北人的同化能力极强，差不多所有的苏北人在来梅七镇几年之后，都能说本地话，少数精英能不带一点点苏北腔。但是不管是苏北人还是绍兴人，不管是杭州人、苏州人、无锡人还是山东人，他们的第二代全都说的是梅七镇话，成了地道的梅七镇人。

许氏铁匠铺后来走上集体化道路，加入了设在大街的铁器社，许家也离开庵前街，搬迁到寺前街1号。虽然表面上离开庵前街了，实际上和没离开一样，因为寺前街和庵前街由一座小小的平桥紧紧相连。

许家新家的门前，有一个连着河滩的三角形小白场。钟子千在白场上栽了一棵葡萄树，搭了一个葡萄棚。每年七八月份，葡萄棚上挂满了翡翠一样的葡萄。钟子千说，她这棵葡萄树是牛奶葡萄，结出的果子又大又甜。葡萄熟了的时候，她就让新老邻里来，亲自拿剪子剪下一串串葡萄让人尝新，还让人带走，非常热情。可惜这么好一个人，这么一个很健壮的人，在不是很老的时候就去世了。

庵前街
19号

竹荣甫钟表修理店

竹荣甫

庵前街19号是梅乾庚老宅。老宅的格局和镇上其他老宅的格局一样，有内院也有靠街的楼房。楼房起阁很高，高出街面有两三级石级。竹荣甫就租了这街面房开钟表修理店。

中国有现代意义上的钟表，始于17世纪，是由意大利传教士利玛窦带入的。万历二十九年（1601年），利玛窦将带来的一架自鸣钟，作为贡品献给了明朝皇帝，从此使用机械时钟在中国拉开了帷幕。直到清康熙年间，中国已成为世界上最大的钟表进口国，并且建立了造钟局，开始自己生产各种专供内廷享用的玩意钟。同时，一些官宦之家也用上了钟表。比如《红楼梦》里的贾府就有一架落地大自鸣钟，贾宝玉也使上了怀表。至咸丰年间，南京有了民间造钟作坊。最早是潘恒兴、王万顺以及陈姓易姓四家小作坊，后来发展到有王义兴、邹炎记等二十多家作坊。这才使钟表的使用真正走向民间。

梅七镇上早年间能用上罗马字钟一类自鸣钟的人家不多，

戴得起手表的更是寥寥无几，所以镇上没有修钟表的匠人也没有钟表店；钟或表坏了得去嘉兴修，瑞士、欧米茄一类名表甚至得去上海修。20世纪50年代以后，使用钟表的多起来，这才开始有了钟表修理这一行，严家汇第一人大概就是这位竹荣甫了。

竹荣甫生意不错。不久，严家汇有了第二个钟表匠丁德宝。丁德宝小学毕业没考上中学，他爹就让他学了修理钟表。20世纪60年代初，国产上海牌手表上市，这是我们国家生产的第一款手表。据说周恩来总理还带头戴上海牌手表，于是手表普及起来。与之相适应，修理钟表的店铺也多了起来。但竹荣甫的生意照样很好，因为他从事多年，修理技术一流。

竹荣甫的父亲是招赘的，绍兴人，叫长庚。长庚是开快班船的，有一只乌篷船，两支橹外加四支桨，速度比一般航船快，所以叫快班船。长庚的快班船是开嘉兴的，主要载客，也为邮局接送邮包，收入大概很不错。长庚的妻子竹良英也不闲着，她租了东边梅阿福宅的一个门面，开了一爿竹器店，卖篮头、蒸架、竹筷、洗帚、竹筛、竹耙、蚕匾、竹椅，当然也有一定的收入。长庚这人看来有些识见，他敢于花一笔钱，让儿子去学当时还只初露端倪的钟表修理，无疑是看准了这一行业的前景。果不其然，开业不久生意奇好。后来竹器店歇业，快班船被机器快班取代，钟表修理成了他们家唯一的收入来源。

那时候，钟表尤其是手表被视为高档消费品，一般人闹不清它的构造有多复杂深奥，这么一小块铁，价格要几十、上百元钱，可想而知它的零件一定很贵。钟或表坏了，拿到钟表店去修，竹荣甫便打开钟表的后盖，让一只眼夹上个特殊的放大镜，一看，说："轴断了，得换轴。"或者说："发条坏了，得换发条。"从几元十几元到几十元，竹荣甫说了算，没有讨价还价。而且不能立等，至少要过个三天五天甚至一星期，这也是竹荣甫说了算。

梅七镇人嘴臭，说竹荣甫心黑，说轴断了其实没断，发条坏了其实没坏，只是某个部件出了点故障，拨一下，上点机油就行，你又不知道，也不知说的是真是假。总之他们说竹荣甫干这一行是吃了"发粉"了。

竹荣甫修理钟表致了富，却在子嗣上不很顺利。他娶了一个王店女人为妻。这妻子模样周正，白净，人很温和，生育能力也很强，只是一连生了几胎都是女孩。生到第六胎时，妻子泄气了。但荣甫还不死心，他相信民间的一种说法叫"七星伴月"，意思是生满七个女孩，第八胎一定会是男孩了。

梅七镇人嘴臭，说荣甫福气真好，家里该了一叠七只元宝——六个女孩，一个孩子他妈，可不是七只元宝吗？荣甫听了苦笑笑，只得暗中加劲。还真应了那句俗语，果然七胎之后，一个珍奇——男孩降生了。

男孩是生了，竹荣甫也只开心了半天工夫。你想，为生个男孩，一家熬了多少日子？再说，一家九张嘴，负担不轻啊！又再说，你包得定修理钟表这一行永远兴盛吗？竹荣甫是修理钟表的，靠时间吃饭，与此同时，他也受时间辖制，仿佛落入了时间的怪圈。十多年之后，电子钟表渐渐流行，机械钟表逐渐淡出，竹荣甫的生意一落千丈。竹荣甫也就兴于时间、衰于时间了。

鞠小官

　　梅乾庚家后来似乎没人了，我小时候还见到过他家的一位寡妇。这寡妇叫鞠小官，是15号鞠占奎家的老姑奶奶。梅七镇一地很怪，从前给女孩子起名常常不是官便是宝，一个名一个利。鞠小官嫁到梅乾庚家也是所谓的门当户对，现在已不知道她嫁给梅家哪位公郎，总之，在我小的时候，她只是一个孤独地生活在梅家深宅里的寡妇。

　　梅氏的深宅在竹荣甫租住的钟表铺子里面，由一条备弄进去。走完备弄是一个不大的花园，花园进去是一道墙门，进墙门是一个小小的石板天井，过天井就是厅房了。这深宅犹如一口枯井，整日里静寂寂，填满了沉沉死气。

　　鞠小官不曾生育，虽然靠房租，她可以生活无忧，但到老了未免寂寞孤独。所以除了三餐，她差不多成天坐在荣甫钟表店的一条长凳上看街景。她手不离烟卷，两个手指头焦黄焦黄，而脸皮呈一种紫灰色，还略略有些浮肿。她的脾气乖戾，高兴起来会扯着人说个不休；不高兴了，挂耷个脸，一双眼死死盯住一个地方，一支接一支地抽烟，有些叫人害怕。有一年寒假我回乡过春节，发现荣甫钟表店的长凳上不见了鞠小官。问起才知道，像灭了一盏青灯那样，她已经去世多年了。

管芷香

　　据说，梅家的内宅阴气太重，其实不适宜居住。原先这房子里还住过一家姓管的住户，管家的户主名叫管芷香，是个有名的老中医。管氏世代悬壶，管芷香医道好，人品更好，出名的乐善好施，不晓得为什么，结果不怎么好。

1934年冬天，管芷香嫁女固安桥街经德堂阀阅世家刘府，陪嫁妆奁相当丰厚。可是不数年，女婿即病逝。而他的儿子管振民也继遭斫伤。他的另一个儿子管礼仁，不礼不仁，读到高中毕业，交上了一帮不三不四的朋友，整天在外游荡，后来又吃上白粉，最终客死异乡。管氏书香医香，如此下场，令庵前街乃至梅七镇人都为之唏嘘。

后来管芷香也消失了。现在庵前街上的后辈小子大概都不知道，庵前街19号曾经存在过一家颇为殷实的富户梅乾庚；都不知道这里曾经生活过一个名叫管芷香的中医和一个名叫鞠小官的闺秀。但是，麻皮行、梅乾庚，的的确确在历史上存在过；鞠小官、管芷香也的的确确在这里生活过。人生一世，草木一秋，百姓们的生存大抵如此吧。

庵前街20号

张建林住宅

张建林

张建林从前是个算命的。新中国成立后,废除迷信行业,张建林便成了贫民,生活全靠政府救济。算命先生基本都是盲人,张建林也不例外。张建林的老婆也是盲人,两个盲人也好,一起生活在黑暗世界。听口音,他们好像是南边斜桥、郭店一带人,也不知何时来到梅七镇的。他们没有儿女,所以夫妻二人租住在这幢一楼一底的房子里,显得有些寥落和荒索。

这一楼一底的住房布局是这样的:一架折裙板将底层隔成前大后小两间,前间是店铺兼客堂,后间是厨房兼餐厅。折裙板后是一架窄窄的木梯,木梯有一竖一横两根棍子似的扶手。楼上是房间。

客堂的格局是这样的:折裙板当屏门,正中挂一幅中堂,画的是和合二仙,工笔。画已经陈旧,但二仙依然细致生动,连衣服的皱褶都清清楚楚。中堂两边是行书的对联,内容已经记不起了,只记得其中有一"迎"字。为什么对这个"迎"字印象这么深刻呢？因为我小时候写毛笔字，走字边老是写不好，而张建林家对子上的这个"迎"字，走字旁写得特别棒，我每次去，总是默默地在手心里仿写这"迎"字。

板壁下放一张暗红的天然几，几上放一台笨重的罗马字座钟，座钟左边立一个青花胆瓶，瓶里插了一个斑竹的鸡毛掸帚，鸡毛掸帚上的鸡毛暗沉沉地反着彩光。天然几前是一张八仙桌，桌的两边放了两张太师椅。

张建林人很清癯、苍白，没有血色，两眼深凹，偶尔会翻一翻，露出一丝青白的眼白，有些吓人。他脸上总是挂着很亲切的笑，说话细声细气，非常和蔼。他的一双手瘦骨嶙峋，手指特别细长，大拇指的指尖一节向外翘起，显得十分灵巧。都说盲人的触觉灵敏，张建林的手指灵敏得异乎寻常。我见过他替人算命，大拇指和食指撮起一个纸捻子不住地揉捻摩挲，那手指好似猎犬的鼻子在不停地嗅探，动作非常柔和美妙。

他是个少有的音乐天才，有人甚至将他比作无锡的瞎子阿炳华彦钧。他除了擅长二胡，三弦、琵琶也很好。成为平民之后，他就坐在椅子里拉二胡，弹三弦或者琵琶，吸引了一批音乐爱好者来欣赏和请教；我舅父就是经常去向他请教的一个。这样，张建林客堂里可以说天天高朋满座。我们小孩子呢，也都跑去成为热心的听众。

张建林演奏阿炳的《二泉映月》《听松》等曲子，也演奏刘天华的《良宵》《光明行》《空山鸟语》，还演奏民间小调和一些当时流行的歌曲。最令人稀奇的是，他还有一项绝技，是将三弦装上弓弦，模拟人演唱，连唱带伴奏，演奏京剧和越剧。

曾经有一段时间，有一个外地的越剧团邀请张建林去当琴师了。张建林虽然二胡拉得好，但在剧团里坐不了头把胡琴也就是主胡,只能屈居二把胡琴。为什么呢?因为他是盲人,看不见舞台上演员的表演,虽然起板有一定的程式,终究不大自如的。

  数年之后张建林回到了梅七镇,依然天天拉二胡,弹三弦、琵琶,依然吸引来许多热情的听众。数年之后,我去外地求学,暑假回来,发现张建林家的排门锁着;第二年暑假回来,依然锁着。问起,我母亲说听说是回南边老家了。从此之后一直到现在,我再也没有见到过民间音乐家张建林,但是他的音乐永远留在了老一辈梅七镇人的耳上,也留在了我的耳上。

> 庵前街
> 21号

梅三巴糕团店

梅三巴

　　梅三巴糕团店没有店号。梅三巴认为他团子做得出色，不需要店号，他本人就是最好的店号。因此，梅三巴被唤作"团子三巴"。

　　梅三巴不爱说话，他做的肉糕、肉团子替他说。一般糕团店做出来的肉糕、肉团子咬开来，肉馅儿是干巴巴的，三巴做的吃时可要小心，因为肉馅儿裹着卤汤，一不留神，容易烫伤喉咙，因此满镇人再偏远也跑来买三巴的糕团。我小时候吃三巴的肉糕，因为馅儿好吃舍不得，想放到最后细细品尝，所以先吃皮子，但是往往吃完大部分皮子之后，肉馅儿就掉到了地上，而卤汤沾了一手，懊悔之余赶紧尖起嘴去舔吮指头上的卤汁。

　　早晨团子出屉的时候，梅三巴的老婆就用一把破蒲扇呼嗒呼嗒来回地扇。一扇，个个团子便放出光亮来，好像上了一层釉。三巴的老婆名叫翠玉，翠玉有一条脆亮的嗓子，一边扇团子一边叫唤:"来,刚出屉的团子!"

翠玉扇团子的时候,她的女儿梅建英就站在她身旁看她扇团子。梅建英是我小学中学的同学,她的脸上生有一个小酒窝。她的酒窝与人不同,别人的酒窝生在嘴角颊上,她的生在颧上。她的性格酷似她妈,直白、爽朗,还爱笑;一笑,颧上的小酒窝就跳动,很甜。她站在她妈身边看扇团子,她妈扇亮团子的同时,也把她的脸扇亮了。

团子三巴不爱说话,更是喜怒不形于色。他的糕团做得好,顾客免不了要夸奖他几句,他也面无表情。三巴除了肉糕肉团做得好,擂粉圆子也不错。擂粉圆子是糯米圆子沾上炒黄豆粉,又糯又香甜,我小时候很爱吃。擂粉圆子放在一张新鲜的桑叶上,插上一根竹签子,买了可以边走边吃。三巴还会做"鹅头颈",就是用米面裹着豆沙,切成鹅头颈粗细的一截一截,也是又糯又甜。鹅头颈有青白两种。青的是米面里加了草头,吃起来有一股草头的清香;白的是纯粹的米面,不耐草头气的就买白的。

夏天的时候,梅三巴就做米花。米花,在梅七镇乃至周边的城镇恐怕也只此一家,别无分店。什么叫米花呢?其实米花就是馓,又叫馓子,是一种很古老的油炸食品。馓子远古时叫寒具,《本草·穀部》说:"寒具,即今馓子也,以糯米和面,入少盐,牵索纽捻成环、钏之形,油煎食之。"那么,这寒具又有什么来历呢?这要追溯到春秋时期的晋国。晋国有个贵族名叫介子推,介子推曾经跟随晋公子重耳流亡国外。后来重耳回国重登大宝,遍赏从臣,介子推则功成身退,隐居绵山。晋文公为请他出山,就用放火烧山的办法去逼他,他居然坚持不下山而被活活烧死。这天正好是清明的前一天,为纪念介子推，就将这一天定为寒食节，断火冷食三天。在那些冷食食品里，就有一种是寒具，也就是馓子。现在三巴做的米花，形状就是环形如栅栏状，梅七镇人不知出典，因形状像羊棚的栅栏，就又叫它作"羊棚件"。

我想，梅三巴也肯定不知道他做的馓子有这样的渊源，但这不妨碍他会做出好吃的米花。我曾经看他做过米花，将揉韧了的米面拉长压平，切成手指宽，挽成绞丝如栅栏状，然后入油锅氽沸，沸到金黄用笊篱捞出，沥干油就可以食用了。

夏天，人们怕热，常常待在家里不肯出来，翠玉便在下午三点光景出来卖米花。她端个青竹篾蚕匾，顶着烈日，沿街叫卖。她亮起有些沙哑的喉咙喊道：

"米花唻——卖米花！"

庵前街22号

梅贤德住宅

阿贤胡子

阿贤胡子就是梅贤德。梅贤德小名阿贤,身材颀长,英俊,脸光无髭须,就是俗称的小白脸。那为什么有"胡子"这个徽号呢?这就是梅七镇人的促狭了。你漂亮,你英俊,你脸光无髭须,偏就叫你胡子,当然是调侃的意思,阿贤理解,也接受。

阿贤有个姐姐,闺名叫梅淑娴,梅七镇人背地里都叫她花宝宝。为什么叫她花宝宝呢?因为她在上海做"书寓"。阿贤很小时就父母双亡了,差不多是姐姐将他抚养大的。姐姐很宠爱这个弟弟。阿贤一生不工作,做"白相人",四十岁前靠姐姐每月寄钱养活,四十岁后靠做小儿科医生的妻子养活。他呢,玩了一世,逍遥了一世,过的是神仙一般的日子。因为他长得帅,招女人爱,不管女孩、妇人,都喜欢他。他不去追女人,女人追他,所以他十几年里不缺女人。他明明白白地告诉爱他的女人,他不想结婚的,爱他的女人说:"不在乎,就喜欢你!"有时候他烦女人了,让她滚,她不滚,说:"偏赖上你!"阿贤就笑,说:"你赖,你赖。"阿贤就生活在女人堆里，直到年届不惑才俯就了四十五岁的小儿科医生的求婚。

　　阿贤精通饮食之道，能品尝各类美食，既擅长吃又擅长做，是调味的精怪。这也是一众美女痴迷他的两个原因中的一个（另一个原因不说也罢）。女人跟他回家，主要当然是贪图夜生活，再就是为了满足口福，因为好色的女人大多也好食。据知情人说，女人一到他家就撒娇说："阿贤，我想吃！"

　　于是阿贤就开始动手做菜。一阵哧哧啦啦的爆炒声响，一盘盘美味端到桌上，然后杯子响碗盏响。

　　阿贤对于吃食独门精，并不是天生的，而是其来有自。他家有一部家传的食谱叫《养小录》，刻本，据说是作者到他家做客时送给阿贤的一位祖宗的。作者是清初嘉兴人顾仲。因为喜欢，这本食谱都叫阿贤翻烂了。阿贤是既有钱又有闲，他就以食谱为范，去各家饭馆酒楼验证。也不限于本镇，有时还上苏杭沪宁等地的馆子去吃杭帮菜苏菜淮扬菜。有一次甚至跑到长江边上的扬中，摆渡到江中心的一个小岛上，去吃一家河豚馆子的河豚。

　　因阿贤有这样的餐饮功底，所以本地的一些大馆子如邬丰馆、钟家馆，有时会请他去"点拨点拨"。一些大户人家请贵重客人了，也往往重金聘请阿贤去掌厨。

　　阿贤是梅七镇七贤的正宗后代，这有家谱为证。所以梅七镇人说，看来阿贤是得祖宗的庇荫了，一生如此优哉游哉（他老了以后，生活由小儿科医生的女儿负责，这女儿居然还很孝顺）；他没有特别要好的朋友（说要好朋友，就是爱他的那些女人），也没有冤家、仇人，所以一生波澜不惊，也得享高年。当他很老很老的时候，与别人闲聊，他开玩笑地总结自己一生就活了两个字，曰：食、色。他解嘲地说："孟老夫子说，'食色，性也'，我一生也算是谨记孔孟之道了吧。"

庵前街23号

梅非之住宅

梅非之

　　梅非之和梅贤德都是梅七相公的后裔,所以他们两家的住宅格局一样,也是两个门面三进的深宅。从墙门的备弄进去,是一个石板天井。过天井是大厅,大厅后又一个墙门,从戟门进去,是三间带厢楼的正房。正房后一个小小园子,园子后就是后门,后门长年闭锁。正房西楼是梅非之的书房,这书房很特别,不要说庵前街、梅七镇,就是县城里也少见:楼板上铺设了薄薄的青灰色临清方砖。为什么要铺设方砖呢?因为要它静。所以梅非之住宅非常之静,和隔壁梅贤德住宅声色犬马的闹腾形成了鲜明的对比。

　　那时候,梅非之大约五十来岁,白净,瘦削,理着中分的分头,戴一副没边近视眼镜。他穿着很考究,夏天是纺绸衫裤,春秋是哔叽西服,冬季则是中式丝绵襖裤,有时外加一件黑呢子大衣。他天天窝在书房里读书或者写字。他有一个非常贤惠的妻子,他的生活起居全部由妻子打理。

梅非之是1933年复旦中文系毕业的，毕业后曾一度留校任教。但是梅非之嫌烦，用他的话说，叫"开口三分力"。不愿意了，就回家来当少爷。好在他们家有一份不小的家业，就是开在龙湾街据说已有七八十年历史的颐昌酱园。酱园一直聘用专业经理，这些经理对梅家一贯忠心耿耿。但是酱园经营到1949年，已经濒临破产。幸亏不久新政府实行公私合营，这等于把酱园给救了，所以梅非之一直对新政权心存感激。几年后酱园转为国营，梅非之的股份基本不受影响，所以梅家的生活一直非常富有。又过几年，取消股份，梅非之成为国营酱园的一名经理。但是没干几个月，梅非之又嫌烦，不愿意了，就申请提前退休。退休之后，收入减少了，但这根本不影响他们家的生活质量，因为梅家家底很厚。再说两个女儿都很出息，都是大学毕业，而且都参军；大女儿丽丽是云南军区部队医院的内科主任，小女儿妍妍是天津军区文工团的独唱演员。虽然家里不缺钱，但是女儿们孝顺，仍时不时地寄钱回来。

梅非之除了读书、写字，喜欢侍弄花草，他家的后园据说真是万紫千红。尤其一东一西两个花坛种植的两株牡丹，一株名叫烟绒紫，一株名叫雪夫人，今年开得格外茂盛，烟绒紫紫得像一盆火，雪夫人白得像一捧雪。他们家的牡丹为什么长势特别好呢？因为每年冬天，梅非之都给它们上一副猪下水。

梅非之很少出门。难得出门，梅七镇上的人碰见了，都会立定，恭恭敬敬地跟他打招呼："梅少爷，你好！"或者："梅少爷，少见哪！"梅非之也很和气，也立定，说："×先生，你好！""×世兄，家居安宁？"或者："×师母，一向轻健？""×嫂嫂，好久不见，阖府安康？"

梅非之是在七十八岁那年的冬天无疾而终的。非常稀奇的是，她的夫人在他去世的第三天，也跟着去了，据说也没有什么毛病。

梅非之活着的时候，庵前街上的人背后议论起他来，总会说他一生波澜不惊，生活富足，真是好福气。也有一部分刻薄的人，说他只是消费，对社会没有丝毫作为，是寄生虫。可是梅非之去世之后，使得所有的人对他有了全新的认识。

他们夫妇的丧事是由两个女儿料理的。他去世的第二天，一南一北两个女儿便匆匆赶了回来。梅非之好像知道自己将要离世，生前对自己的身后事早就做了明确的处分：将家藏的万余册书籍，包括几十卷宋元明清的线装古籍，悉数捐赠给国家。其中一部宋版十三卷的《绀珠集》和元代一部二十卷的《大易钩玄》，据专家鉴定为宋元珍稀善本。更令人想不到的是，梅非之本人也留下了三部著作。其中两部是学术著作：一部研究《易经》的，名叫《梅生说易》，一部研究《诗经》的，名叫《诗经厄言》。两部著作，均被认为有一定的学术价值。还有一部词集，名叫《集秀庵词钞》，收入梅非之一生创作的三百余首词作，也被词家认为是一部很有个性的优秀之作。三部著作，一色蝇头小楷，灵动俊逸，很具书法功底。数年之后，三部著作相继出版，据说很受行家好评和读者喜爱。

甄仰韶

甄仰韶是上海青浦人，早年国立苏州美专毕业，曾是国画大师潘天寿的私淑弟子，1952年辗转调来梅七镇时，已是快三十岁的老小伙子了。据知道他内情的人说，其实甄仰韶在恋爱上起步很早，十八岁他就开步走了。他说："我这张面孔长得连我自己也对不住，找女人得要笨鸟先飞。"可是命里注定，他在婚姻上流年不利，直到快三十岁了，还是光棍一条。他倒真是有自知之明，一副尊容长得实在是寒碜：身量太过粗壮，一个头像颗青橄榄，两头尖，中间宽，又是凹里眼，冲额骨，高颧骨，超下巴，难怪不讨女人待见。他是梅七镇工会的职工教师，除了每周一整天课以外，其余天天在家画画。那时他的画名日隆，尤其是人物和山水，在苏杭一带也是独树一帜。

为了安静地作画，他谢绝了吵吵嚷嚷的镇工会宿舍，宁肯自己租房子单住。他看中了庵前街23号梅非之住宅。也算有缘吧，孤僻的梅非之拒绝了许多想租住他家的住户，却同意了甄仰韶。不过与他约法三章：一、只许他一人居住，不许拖家带口，尤其不能有小孩子吵闹；如将来结婚生子，应立即搬离。二、无事不可进内院，除非房东召请。三、晚上九点之前务必归宿。这些对于甄仰韶当然不成问题，他全部答应了。于是他搬进梅家，住在二进大厅的西厢房里。

20世纪50年代，各地为发展经济，拉动内需，纷纷组织物资交流大会。什么叫物资交流大会呢？就是镇上提供一块场地，商业部门组织国营、私营商店，供销社，集中起来销售。交流大会也接纳外地商贩，所以货源相当充足。为了扩大影响，文化部门也积极配合，主要是文工团搭台演戏，工会举办书画展览。

梅七镇除了自己办交流会，也组织商家去外地赶会。1953年1月27日，桐庐县举办第二届物资交流大会，梅七镇商业部门组织了十三家商店前去赶会，一方面销售，一方面采购那里的山货。当然也让文化单位配合了：镇文工团带了《罗汉钱》《桃李梅》《三看御妹》三出戏去演出，镇工会则准备了以"梅镇往事"为题的大型书画展览。

甄仰韶应该是书画展的主创，但是他不想去桐庐，因为最近，他又一场恋爱失败了，没情绪。那个万兴街汤甡记茶食店的女店员，在吃他用他半年之后，说分手就分手了。临别之际，女店员噘起胖嘴放下了狠话："甄仰韶，你个丑八怪，这一世你就别想女人了。哪个女人能看上你？能看上你的女人，怕是还没有生出来呢。打一辈子光棍吧，甄仰韶！"朋友们就劝他，何必呢？为一个蠢女人，不值。说趁这次机会，出去散散心多好。甄仰韶想想也对，就鼓起兴来一同去桐庐了。

三天的物资交流会过去，甄仰韶的确散了心，觉得轻松许多了。1月29日，甄仰韶他们准备动身回梅七镇。那时候交通没有现在方便，从桐庐回梅七镇，先要坐船到富阳，在富阳过一夜，第二天再坐车到杭州，又得过一夜，第三天再坐车到桐城，然后坐船回梅七镇。

且说甄仰韶他们坐了半天船，到富阳已是午后，没有车了。找到招待所，开了房间就去吃饭。吃过饭，其他人要歇着了，甄仰韶老习惯：他要出去写生。早年，他读过明代文学家岳和声的《后骖鸾录》，其中描写富阳山水，有这样的句子："桐江南来，势突截之。江声月色，良夜互发。环望紫薇、锁石诸山，苍茫野色，飞涛怒之。"因此，富阳的奇山丽水，他心仪已久。这么好的机会，他怎么舍得放弃呢？

他出南门，信步来到富春江边。爬上低低的鹳山，在南山坡坐下，打开了写生本子。

不知什么时候，他发现一个蹲在江边浣衣的女子闯进了她的画面，红袄绿裤，非常显眼。甄仰韶兴奋起来，三笔两笔，那女子便印在了纸上。他将画稿放平了瞧，竖直了瞧，正自得意，只听身旁传来一个冷冷的声音："谁许你画人家了？"

甄仰韶抬起头一看，只见一个女孩子手里挽一只竹篮，篮子里几件洗净的衣服，一根长辫子搭在浑圆的肩头，似笑非笑地嗔着。

甄仰韶慌了，说："对不起，冒犯姑娘了。"

女孩放下竹篮，手一伸，说道："拿来我看看，画得像不像？不像，我可不答应。"

甄仰韶把画本子递过去。女孩接过端详了半天，忽然"哧"的一声笑了，道："像倒真有点像，只是太小，看不清楚。"

甄仰韶见女孩认可，非常高兴，说："要不你坐到山子石上，我再给你画一幅大的？"

女孩忽闪着眼想了想，说："好哇！"便在一块青紫色的石头上坐下，摆了摆姿势，说："画吧。"

甄仰韶拿出全副本事，又是三笔两笔，一幅人物肖像完成了。忽然想起清代女诗人顾太清《洞仙歌》里的句子，不管切不切题，信笔题在了画上："依旧黄昏，疏影婷婷为谁妙？望不尽竹篱茅舍人家，断桥边，诗情空老。"具上姓名、日期之后，他殷勤地送过去，双手捧上说："请姑娘批评。"

那女孩接过画稿，歪着头，仔细看过，笑道："画得还真像。——送我了？"

甄仰韶道："送你，送你！"

女孩又指指画上的具名，说："你叫甄仰韶？哪里来的呀？"

甄仰韶道："鄙人甄仰韶，桐城梅七镇工会的职工教师。"

女孩瞟一眼甄仰韶，说："酸！——怎么跟你联系呀？"

甄仰韶不解了，萍水相逢，一幅速写的事，要地址何用？说："还联系？"

女孩说："人家还想要你的画呀！怎么，不愿意？"

甄仰韶连忙说："愿意，愿意，怎么不愿意？那，姑娘你的芳名、地址？"

女孩又笑着说了一个"酸"字，便把自己的名字和地址写在了甄仰韶的写生本上。写完拾起竹篮，下山去了。

甄仰韶拿着写生本，看到本子上一行清秀的铅笔字：富阳玉石街5号，宋媞见。

真是意想不到的奇遇，甄仰韶唱着小曲回到了招待所。朋友们见了，觉得奇怪，说："拾到金子了？"

甄仰韶说："比拾到金子还高兴。"就把在富春江边的奇遇告诉了大家。

众人说："艳遇呀！姻缘来了。"

甄仰韶说："想哪里去了！人家才多大？我又老又丑。不是的。——我是碰上知音了。"这事也就当作笑话说说了。

第二天，坐车到杭州，又是过午，没有车了，找了车站附近一家小旅店住下。吃过午饭，几个人坐下聊天，又提起昨天的那事。大家打趣说："甄兄，别是昨天那富阳女孩对你有些意思吧？"

甄仰韶口中说没有的事，听大家反复提起，心里也活动起来。

一人噱他说："甄兄，你不妨打个电话去富阳试试，编个理由邀姑娘来杭州相会。她要是来了，好事就有戏了。"

甄仰韶听了，真就动心了。他便匆匆跑到附近的邮电局，挂了富阳的长途。二十世纪五六十年代，电话还不普及，打电话要去邮电局挂长途。挂上了，还要等对方邮电局派人上门去叫受话人，受话人再跑到邮电局去接听，大费周章。甄仰韶在邮局等了半天，好容易接通，说自己带了一些画了，说姑娘您如果愿意，可以到杭州来看看，挑几张。甄仰韶没有瞎编，他确是带了一些画作，原本是想与桐庐的书画界朋友做交流的，却没顾上，现在派上用场了。

宋媞见听了很是兴奋，但又有些犹豫，沉吟半晌说："我看情况吧。"说着问了杭州的地址，便把电话挂了。

甄仰韶不免有些泄气，回到招待所闷声不响。大家见他那副样子，知道没戏，便安慰他说："没什么的，本来就是开个玩笑嘛，不用当真。"这事也就过去了。

想不到的是，天将擦黑的时候，有人敲门。一人前去打开，一看，是一个年轻女子。甄仰韶"哇"地叫了一声：竟然是宋媞见！姑娘还真来了，手里还提了一只棕红色的小皮箱。

甄仰韶赶紧让她进屋，又是端椅子，又是泡茶，十二分地热情。

宋媞见坐下，喝过滚烫的热茶，便起身打开她随身带来的箱子。大家看见箱子里装着一叠四五本很大的相册，打开相册，里面嵌的不是照片，而是大大小小各色各样的剪纸。大家这才知道，原来姑娘是个民间剪纸能手！

宋媞见告诉大家，她九岁就迷上剪纸了，一个人跑到桐庐，去拜剪纸大师胡家芝为师。到今年，她已经有整整十年的剪纸历史了。现在宋媞见在富阳已小有名气，去年还和她老师胡家芝在杭州举办了剪纸艺术展，获得非常好的成绩。她的

《鸳鸯戏荷》和《美满人间》两幅作品,还被美术馆收藏。这令包括甄仰韶在内的所有人都想不到的,不免看姑娘有了另一副眼光。

甄仰韶非常兴奋,一时也根本没有想到爱情上头,便真诚地邀请宋媞见一同去梅七镇,说是可以和她切磋切磋技艺。宋媞见也非常爽快地答应了。

第二天,一行人回到梅七镇。姑娘被安排在了梅非之家的后进客房,梅太太对这位漂亮憨实的富阳姑娘非常喜欢。

宋媞见在梅七镇,与甄仰韶"切磋技艺"三天,非常愉快。第四天上正准备回富阳,不想意外来了,姑娘的两个哥哥从富阳气急败坏地赶来,见到甄仰韶,不问情由,一把抓住他胸脯就往派出所跑,一口咬定甄仰韶拐跑了他们的妹妹。宋媞见上前推开两个哥哥说:"你们干什么呀!不分青红皂白的。"就把经过详详细细告诉了他俩,一场误会就此消除。

结果,你们大概已经猜到,甄仰韶和宋媞见结成了一段美好的姻缘。结婚那天,除了书画界的朋友前来祝贺,庵前街上认识不认识的街坊也都来捧场了。令人想不到的是,万兴街汤甡记茶食店的女店员也来了,不过她只在外围看了两眼,就屁也不放一个悄悄走了。

许多年之后,甄仰韶夫妇有了自己的艺术学校,还在苏州成功地举办了一场十分轰动的水粉画和剪纸艺术的夫妻双展。

> 庵前街
> 24号

鞠老源茶馆

鞠老源

　　茶馆一般是最有故事的地方,但是鞠老源茶馆却最无故事。主要原因是它歇业得比较早,而我出生得比较晚。这实在是一爿像模像样的茶馆,双开间门面,宽敞的店堂可以排下十几张茶桌;临河是一排玻璃窗,窗下靠东是卧牛似的七星灶,灶边一扇矮踏门,一只花铅吊桶就吊挂在门臼上,用吊桶从河中汲水非常方便。

　　鞠老源大约有六十开外年纪,身材魁伟,广额阔嘴,有《红旗谱》中朱老忠的丰赡,可惜不如朱老忠有故事。茶馆留给我的印象,颇合罗伯·格里耶新小说的创作理念——重物轻人,以非人格化的、不带任何情感色彩的形物"语言",客观、冷静地描绘"物质世界"。因此,我也只能以非人格化的一支拙笔来记一点茶馆的"物质世界"。

　　京剧《沙家浜》"智斗"一折,阿庆嫂的著名唱段"垒起七星灶,铜壶煮三江",那七星灶是虚的,舞台上没有呈现。

庵前街纪事

要见识七星灶是什么样的，可以来看看鞠老源茶馆的七星灶。鞠老源茶馆的七星灶，样子好比一头正在扑食的老虎，低头翘臀。灶上坐的七把紫铜锦显然有年头了，而它们的环柄和壶盖依然锃亮，亮出紫红来。店堂里的十几张板桌、长凳，揩抹得水光滴滑。装茶叶的锡罐，量茶叶的锡杯也洁净得仿佛是银罐银杯。茶馆不大，但也备有几种好茶，绿茶有西湖龙井、碧螺春、长兴紫笋，红茶有金骏眉、祁门红茶；当然也有廉价的花茶、老茶、茶末。不管是来喝龙井喝祁门，还是喝花茶喝老茶喝茶末，鞠老源一样用心侍候。尽管如此，茶馆终于还是开不下去了。

茶馆歇业之后，鞠老源也不见了。后来茶馆里住进了一对北方夫妻，以及他们的儿女。这对夫妻都是教师，男的姓普，街坊就叫他普老师。普老师高高的个子，微微有点驼背，不大说话，据说是职工教师，后来好像赋闲在家了，就更不爱说话了。从他们家传出来的常常是他妻子的嗓音。他妻子姓狄，好像叫狄淑仪，也是高高的身材，背似乎也有些驼。狄淑仪有一张少有笑影的扁平脸，脸上的五官仿佛是马马虎虎雕刻出来的。她是梅七镇小学分部的老师。这狄老师据说教小学生很有本事，不管再调皮的学生，到她手里都服服帖帖；再糟糕的班级甚至所谓"乱班"，只要她肯接手，不出一个月，准保给治理得规规矩矩。

这对夫妻教师，他们的子女也很不错，女儿继承父母的职业也当了教师，后来还担任了校长；儿子当了镇工会的干部，工作也很有成绩。

庵前街 25 号

邬记黄爵店

邬三宝

邬记黄爵店，是一家至少有三百八十年经营史的酱鸭类老店。它的祖店在嘉善的陶庄，大约是在清同治年间，邬三宝的曾祖父一支由嘉善迁来梅七镇。现在，嘉善陶庄早已没有了邬记老店，所以邬记黄爵店只此一家，别无分号。那酱鸭店为什么叫黄爵店呢？这要从挂在店堂里的一块破旧老匾说起。

你别看这块匾又老又破，它是用黄桦木雕刻填彩的，"邬记黄爵"四字行草，据传是明末清初文学家张岱的手笔。张岱是出名的才子兼美食家，张家又极其富有，张岱于是就常常外出，一是游山玩水，二是遍尝天下美食。与此同时，他又将这些美景美食写成美文，于是就有了著名的《陶庵梦忆》和《琅嬛文集》。

黄爵就是黄雀。三百八十年前的初冬，张岱来到嘉湖一带游历，他到乌镇尝了羊肉，又到陶庄品了黄爵。在陶庄因为吃得高兴，一高兴就主动为黄爵店题写了匾额。回绍兴之后，

他还将两种美食写成了文,吟成了诗。诗有两首,后来收入《琅嬛文集》五言律的"咏方物"中。不妨掉一下书袋,录下这两首诗:

乌镇羊肉
羊肉夸乌镇,乳羔用火煨。沈犹朝饮过,贾客夜船来。
冻合连刀剔,脂凝带骨开。易牙惟一熟,不必用盐梅。

陶庄黄爵
嘉兴黄爵薮,甘美逊陶庄。蜜蜡团成卵,膏腴嫩似姜。
脂深触手腻,骨醉到牙香。下酒求何物,开罈进百觞。

这些故事我们本来是不知道的,后来有人读梅七相公的《餐微子集》,集中就有这些记载,传出话来,我们这才都知道了。可惜,这时,邬三宝早已不在人世,所以,遗憾得很,邬三宝到死都不知道他家有这些来历底细。不过有一点他知道:黄爵就是黄雀。人问:那为什么现在不卖黄雀了呢?这邬三宝也知道。他说:你见现在树上还有几只黄雀?所以后来邬记黄爵店的名牌产品是酱鸽。

邬记黄爵店只有一个门面,当街一个曲尺形的柜台,柜台面街的一折安放了两个双层的玻璃橱,橱里放了洋瓷盘子和浅浅的绿缸;曲进的一折是交货收钱的。柜台里面,西墙下置一个长案,案上放着砧板、剪子、大小刀具,那是工作台子。

邬记黄爵店虽然只有一个门面,但是后面有一个不小的园子。园子里有一株枇杷树、一株桃树,还有一些长长的条石石凳,石凳上放满了盆花,其中比较名贵的,兰花有虎皮兰、簪蝶、月季有杏花蜜、春雨,杜鹃有马银花、红棕、马樱花,茶花有花露珍、大玛瑙;北墙角还有一个石砌的花坛,植了一株名叫朱砂红的牡丹。除此之外,最显眼的是园东墙下一个长长的廊棚,廊棚上面一长溜儿的鸽子笼,笼里养了不下两百只各色的鸽子。这些鸽子除了日产几十枚鸽蛋外,就是邬记酱鸽的原料了。

邬记的酱鸡、酱鸭,当然尤其是酱鸽,一直深受梅七镇人的喜爱,不管离庵前街多远,想吃酱鸡酱鸭酱鸽子了,一定跑来买。此外,邬记的素鸡、素爆鱼、素香肠、素火腿,也很受欢迎。所以几十年来,邬记的生意一直红火,也因此邬家的生活一直不错,说小康,不算过分。

可是邬三宝一直不开心。为什么呢?因为他生了三个儿子,却如同绝户,十几年来家里就他们老夫妻两个。现在随着年纪渐渐变老,体力渐渐不支,不免相对怨恨,怨恨三个儿子没一个有体恤父母的孝心。非但一拍屁股一走了之,而且音信全无,连死活也不知,做父母的连牵肠挂肚也牵挂不起来,有时候恨起来,就权当他们都死了。你说这有多少伤心!

1953年一个秋天的下午,邬记黄爵店来了两个年轻的军人。那天邬三宝正在后面园子里清扫鸽子笼,店堂里只有老伴竹兰英一人。这竹兰英胆子最小,见有当兵的到来,以为出了什么天大的事,吓得说话也结结巴巴了,说:"你,你,你们有什么事?"

两个年轻军人倒很有礼貌,其中一个起手行了个军礼说:"请问大娘,您这儿是邬秉康同志的家吗?"他说的是北方话,竹兰英一个字也没听懂,就更慌了,只顾连连摇头。

这时恰好进来一个小青年买酱鸽,就对竹兰英说:"大妈,他们问你,你这里是邬秉康的家吗?"

竹兰英一听更慌了,说:"你们问他干什么?他,他早就不在了。"她的话,两个军人也听不太懂,那买酱鸽的小青年也帮忙翻译了。

两个军人听了就笑了,说:"他在,他在的。就是首长亲自吩咐我们来找你们的。您这里不是邬记黄爵店吗?您不是叫邬三宝吗?"

那老婆子听了,尤其慌了,说:"你们在说些什么,我统统听不懂,我去叫三宝来。"说着匆匆奔到后园,对邬三宝说:"不好了,有两个当兵的北方人来寻秉康的,不知什么事情。我告诉他们秉康不在了,他们不信,一直赖着不走。怎么办?你去把他们支走吧。"

邬三宝听老伴这么说,也弄不懂,就放下笤帚,洗了洗手出来。到了店堂,见那两个军人还站在那里,便用戒备的目光打量他们,一边问:"你们找谁?"因为事先知道来人是"弯舌头",所以他也弯了半吊子舌头说。

两个军人说:"您是邬三宝老同志吧?"

邬三宝说:"是啊,有什么事吗?"

其中年岁稍长的军人忽然身子一挺,行了个军礼说:"邬老同志,是首长派我们来找您的。您既然是邬三宝同志,我们就……"

邬三宝赶紧截住他的话说:"我们不认识什么首长,我们从来不跟当官的打交道,我们是守法的公民,做做吃吃。"说完,也不容他多说,便把他们推出门去。

两个军人一看,毫无办法,只得怏怏不乐地离开了。

第二天下午,仍旧是老辰光,那两个军人又上门了。不过这次来的不光是他俩，还有梅七镇一位女副镇长，庵前街街长褚阿金和妇女主任。

女副镇长笑嘻嘻地对邬三宝夫妻说："恭喜你们哪，你们的儿子邬秉康同志没有死，他现在是山西省军区的副司令员了。他因为忙，先派两位警卫员同志来慰问你们。"

第一个竹兰英听了，"哇"的一声就哭了起来，接着又笑了，挂着眼泪对邬三宝说："三宝，秉康他不曾死，他，他还活着！"

妇女主任赶紧扶住竹兰英说："大伯大妈，喜讯，喜讯哪！"

谁也料不到，邬三宝居然没生一点欢喜之情，反而举起拳头在桌子上重重地击了一拳，说："他死了倒好！"

在场的人都愣住了，不明白这老太爷心里究竟在想些什么，只得上前好言相劝。那邬老头便趴在桌子上号啕大哭起来。哭够一顿饭的工夫停下来，抹抹眼泪说："唉！这个没良心的，这十几年，他是一点消息也没有，难道连写一封信都没有工夫吗？"

这时那两个军人才插得上话，说："邬老同志，请您理解，首长不是不想跟家里联系，也不是没有一点点空，而是他不能够，因为部队有纪律。现在，虽说解放了，可部队整编，也是千头万绪，一个字：忙。真忙！请您一定理解首长的苦衷。现在一切总算安定下来了，首长第一时间就想到二老，这不，派我们俩问候您二老来了。"众人跟着也都好言劝慰，那邬老头这才老脸舒展开来。

这之后大约过了有两三年，有一年秋天，已经升任司令员的邬秉康同志回梅七镇来了。庵前街的街坊说，秉康很朴素，穿的是家常的便装，只带一个警卫员，也没有去惊动地方政府。他住了三天，去陆家桥祖坟磕了头。也不见他大包小包带多少礼物，不过，人们猜测，钱肯定是不会少给的。

不久之后，又传出来消息，说这三天里，邬家老两口又伤心了，为的是老大带来了两个弟弟牺牲的消息。老二秉仁是1949年3月牺牲在上饶集中营的，老三秉义是1947年5月16日牺牲在孟良崮战役战场上的，离胜利只差一天。再后来，邬三宝夫妻去了一趟北京（邬秉康调到北京军区了），可住不上两月就回来了，说过不惯，拉屎不用草纸，卫生纸太软，屁股擦不干净。还说走到哪儿都不自由，都有人跟着。回家不久，邬家的门上就有了三块光荣牌，一块是军属牌，两块是烈属牌。

庵前街
26号

保元堂

饶妈

保元堂的门面不能够用开间来计算，因为除正门外，其余门面是一长溜儿的包檐砖墙。

保元堂是一幢较为古老的建筑。说它较为古老只是一种模糊的说法，因为它的真正建筑年代较难确定。从它的历史看，保元堂也只是个中间环节。据记载，它的前身是杨贤祠，又叫节孝祠。杨贤是谁呢？杨贤是杨姓的两个贤臣，就是杨述、杨青父子。杨述是明朝正统、景泰间的解元，从湖广宜昌训导、监利教谕直至荆州辽王府长史，官至正五品。他的儿子杨青更是青出于蓝，是景泰二年（1451年）的进士，授翰林院庶吉士，又改礼科给事中，后为河南按察史佥事，官也至正五品。极为可惜的是，父子俩寿命都不长，杨述不到五十，杨青未满四十就去世了。看后来的情形，杨氏没有后人，所以祠堂成了公产。光绪五年（1879年），由几位镇绅筹款，经嘉、秀、桐三县通详立案，将祠堂改建成了保元堂。保元堂是民办的慈善机构，光绪七年（1881年）正式开堂，办理义葬，施送医药、棺木等善举。当时保元堂的规模为：第一进头门楼房三间，第二进平厅三间，后为穿堂及余屋。堂前街南修有宽阔的石级河埠。

清末保元堂式微，改为清河中学。光绪三十三年（1907年）由镇绅梅必正发起，在此筹建公立初等女子学堂；民国二年（1913年）添设高等小学，民国四年（1915年）改称端本女子完全小学。新中国成立后，这里是梅七镇小的一个分部。

我小时见到的就是镇小学一分部的保元堂。进门是一个很大的门厅。比较特别的是，这门厅里的地坪不是砖，也不是水泥，而是一米长半米宽的花岗岩石板。不知为什么，这石板地坪一年四季都湿漉漉的，尤其一到黄梅天气，总像刚下过一场雨似的。门厅中央放一架漆成湖蓝色的木制屏风，原本是为遮挡一下视线的，后来一举两便又兼作布告栏，贴了一些布告、通知、喜报之类的白纸、黄纸、红纸。

过门厅是一个石板天井。因为两面都是很高的院墙，这天井一天之中只有正午有阳光，因而终日里都是阴沉沉的。

天井北面是个高大轩敞的平厅，现在做了礼堂。礼堂的北端凹进去一个小间，原是通后房的过厅，厅的两边有雕格花窗。现在通后房的门钉死，过厅砌搭成一个台，铺上朱漆地板，两边各设一架木制的踏步。这台平时做主席台，遇到节日就做文艺演出的舞台。主席台两面，也就是雕格花窗外，各有一个小小的天井。西天井栽有一棵年代久远的玉簪树，银干青枝，删繁就简像海明威的小说，早春时节，满枝头开了尖尖如簪子的玉色花朵，绚丽华贵极了。

礼堂后面是厨房、库房和杂屋，由礼堂西头的一扇小门进去。我从来没有进去过，却常常看见一个五十多岁的老妈妈从小门里出来。她有时手里提了热水瓶去教师办公室送水,有时拿了扫把畚箕去各处打扫。她是一分部的校役,大家叫她饶妈。

饶妈矮矮的个子,慈眉善目,对老师不卑不亢,对孩子亲切慈爱。她打扫礼堂很仔细,旮旮旯旯都扫到。她提着热水瓶从小门出来,一路走,竹壳热水瓶冒着热气,水滴就一滴一滴滴到淡青色的地坪砖上,一滴一块铜钱大的水印,水印也冒着热气,顿时就干了。

饶妈有个儿子名叫兰耀庭,小时候我很愚鲁,想不明白饶妈姓饶,她的儿子为什么不姓饶而姓兰。兰耀庭长得敦敦实实,看去年纪好像很大了,在梅七镇中学读书。他对他娘非常孝顺,有空就来帮助干活儿。他是优秀学生,我见过他身上斜挂了红缎子黄镶边的绶带,站在学校门口值勤的风采,很是佩服。兰耀庭对人也是不卑不亢,像他母亲。兰耀庭后来好像也成了一名老师,对人依然不卑不亢,那是多年以后的事。我没有再见到他帮他母亲干活儿,也没有再见到饶妈。

兰宗三

梅七镇小一分部里唯一值得说一说的老师叫兰宗三。兰宗三教地理,那时已五十多岁了,国字脸,连鬓胡子天天刮得脸皮发青。他为人方正,却不免有些迂阔。他只是上课下课,也不大跟人交谈,大众印象里似乎有这个人没这个人都一样。大约一个月里他的脸上总有几处青伤,不是眼睛便是鼻子、腮帮,手臂上也有咬伤,血丝糊拉的,人见了不免奇怪。因为他是个"冷人",别人也不好去关心。

1952年秋天,一个很平常的日子,他被县公安局给铐走了,这让一分部的同事们大吃一惊。

那时候正值高潮"镇反"。据说是江苏吴江一桩反革命集团案,牵连到了兰宗三。

兰宗三的妻子名叫林姗,是梅七镇联合诊所的护士。这林姗脸上终年不见笑影,行事是出了名的死板,梅七镇人叫作"一点一画",意思是一丝不苟。比如,人来挂盐水,她到下班时间了,而接班的护士还没到,病家央求她先给挂上,她说:"到点了,等着吧。"脱下白大褂就走。她和兰宗三已经是二十多年的夫妻,有一儿一女。儿女都长大了,儿子医大毕业,在上海一家大医院当外科医生;女儿比哥哥小两岁,还在北京上大学,学的是经济。夫妻俩分房睡已经多年,所以兰宗三被铐走,例行搜查时也只搜查了兰宗三的房间。据说,还真搜查出一包东西,也不知是不是反革命罪证。

兰宗三在县公安局关押、审查了差不多有一年,终于在第二年深秋的一天早上被释放了——他并没有参与那一宗反革命案,只不过那宗案子的罪魁是他的一个远房表哥,而他跟这个表哥有过一些接触而已。

虽然在政治上是撇清了,可是被抄走的那一包东西问题严重。什么问题呢?生活问题。不过严格说起来也不好算生活问题,顶多是个思想意识的问题。这么说吧,当时一致认为:兰宗三这个人思想道德品质极度败坏。

那包东西是一些纸片。那是些什么纸片呢,问题这么严重?原来是一叠十几张20世纪30年代印制的半裸体女明星彩色画片,和七八张不知他从哪里弄来的《玩莲图》《床笫之欢》等明清春宫图的复制品,还有两首手抄的《脂楼琐事》中

《玩莲》《解缠》含有性挑逗意味的艳诗。

公安局在释放兰宗三的同时，将一份审查结论及部分审讯记录，派专人送交了梅七镇小学的校领导。审查结论大意是：经审查，梅七镇小学教师兰宗三，没有参与吴江闵正江反革命案。但从搜缴的材料看，该教师思想道德品质极度败坏，提请学校给予行政警告处分。后来传出来的部分审讯记录是这样的：

问：你是从哪里搞到这些黄色画片的？

答：我已经记不清了，年轻时候在上海海关做事时吧。

问：你为什么还要保存这些色情画片？

答：我老婆很早就跟我分床睡了，也不肯和我亲热。我有时候实在打熬不过，就拿出这些画片来过过瘾。

问：你身为人民教师，如此下流，不觉得可耻吗？

答：可耻。可我无法可想。

后来学校领导班子商量研究，决定派一位女副校长去向兰宗三的妻子林姗了解情况。前面说过，林姗是个很死板的女人，问了半天，她只说了一句话："都五十好几的人了，还想这档子，真不要脸！"

这才让大家醒悟，兰宗三隔三岔五脸上、手臂上的伤痕，原来是和他妻子搏斗留下的。

就在女校长上门之后不久，林姗和兰宗三离婚了。学校也拿出了处理意见：兰宗三已不再适合继续担任教师工作。经请镇政府协调，兰宗三被调入诸德大伞厂担任会计工作。

谁也想不到的是，兰宗三倒因祸得福。他在伞厂工作不到一年，制骨车间的一个四十来岁的寡妇看上了他。那寡妇据说很有几分姿色，而且见识也很清明，她说："兰宗三人不错，知识也高。他年纪不老，想男女的事不是很正常吗？"

于是，他们很快便领了证，结婚了。

庵前街27号

鞠尚义住宅

鞠怀氏

鞠怀氏,姓名不传。从前的旧式女子,多有不愿意让人知道自己名字的,这是"女子无才便是德"酿成的一种情怀,这鞠怀氏也是。她是鞠尚义的妻子,那一年,她二十五岁,算是老姑娘了,却是颇有姿色。她不是梅七镇人,是从江苏常熟嫁过来的。听说他们怀家经营丝绸,是常熟城里少数几家富户中的一户。还听说她是旧制高中毕业的呢。

庵前街27号,是一幢两进的宅院,临街原先是规模不小的鞠寿堂药店,20世纪50年代并入公私合营的人民药店后,便成为纯粹的民宅了。鞠尚义原是药店小开,后来是人民药店的股东兼职工。股东是实实在在的,职工可是三天打鱼两天晒网。他喜好苏州评弹,非常痴迷,自己也会三弦、琵琶,空闲下来,常常在家中自弹自唱。有一年梅七镇来了一档父女档,日夜弹唱《描金凤》。这鞠尚义天天去听书,就迷上了那个女

下档。《描金凤》唱了半个月，剪书①了，要另开码头。鞠尚义竟不辞而别，追随那女唱书走了，从此没有消息。

鞠怀氏在家等了他三个月，未见丈夫的踪影，却并不绝望。她说，他玩腻了，自然会回来的。可是一年，两年，三年，鞠尚义还是没有回来。鞠怀氏依然不绝望，做了较长时期等待的准备。好在她生活无忧，人民药店的股金足够她一人的吃穿用度。再说他们鞠家家底厚，一个人生活十年、二十年，绝对不成问题。她就一个人静静地在这幢晚明建筑里恬静地度着光阴。

她是大户人家出身，通身透着一股富贵之气。她除了隔天上一趟菜市场，几乎足不出户。也难得和左邻右舍交往，见了

---

① 剪书：评弹艺人在一地演出，不等故事说完，提前结束，叫剪书。

人总是客客气气地矜持。尽管很少出门,但是装扮非常考究,春秋是骆驼绒哔叽旗袍,齐肩的短发,颈项里一条细细的白金项链,手上是一只六克拉的绿宝石钻戒,端庄、美丽。她爱干净到有洁癖,每天梳妆,肩上披一块布裙,身上落下一根头发,她都要捡掉。家里当然收拾得干干净净,光鲜水亮。一个人生活未免寂寞,于是她养了一只猫。

那是一只很精神的猫,全身一色油亮的黑毛,一双眼睛碧绿,绿中闪着黄的光芒。她把黑猫当孩子养,给它起了个名字叫阿黑。

阿黑果真像小孩一样很乖,很听话。它不随地大小便,拉屎撒尿会去一个指定的地方,那里有一个花铅打成的便器。每天晚上,她给它洗澡时,它一点也不忸怩,而是摊手摊脚很舒服的样子。

鞠家平时只有女主人和猫在家,所以整座宅院非常安静。有时传出说话的声音,那时鞠怀氏和阿黑在讲话。

鞠怀氏说:"阿黑,来,该吃奶了。"她给它喂牛奶。

阿黑说:"喵——"显然很乖地走了过去。

鞠怀氏又说:"阿黑,慢慢吃,别贪,尽你吃的,没人跟你抢。哎,这就对了,慢慢吃。乖,真乖!"

阿黑不再吭声,大约在慢慢喝。

一会儿,鞠怀氏又说:"阿黑乖,吃光光。好了,来,擦擦小嘴巴。好了,玩去吧。"

阿黑也不是天天乖,事事乖。有一回,鞠怀氏失惊打怪地说:"哎哟!阿黑,你看看,看看,哪儿弄了这一身的灰?你讨打呀你。啧啧,看这脏的,腻心死了。"

阿黑仿佛知道错了,它低声呜呜说:"喵呜,喵呜。"

隔一会儿，鞠怀氏说："来，来洗洗。"一边洗，一边又抱怨说："看这脏的。来，换个手。跟你说多少次了，旮旮旯旯的地方不要去，你就是不听，你就是淘气，还去。看看，看看，这一身脏，你总是贪玩。下回可不许啦，下回再这样，我可真要打你了呀！"

就这样，十年过去了，鞠尚义没有回来。二十年过去了，鞠尚义还是没有回来。三十年过去了，鞠怀氏依然和一只名叫阿黑的小猫生活在一起。那只猫好像永远长不大，鞠怀氏也永远不老，"母子俩"静静地生活着，日子长得仿佛没有尽头。

谁也想不到的是，在外浪迹了三十年的鞠尚义，在一个深秋的早上回来了。夫妇相见，想来一定悲喜交加吧？会不会吵闹？埋怨哭泣？寻死觅活？但是，谢天谢地，非常安静。三十年时间，仿佛只是一片夹在书本里干枯了的树叶。从此之后，夫妻俩过上了平平凡凡的晚年生活。

庵前街
28号

兰振元伤科诊所

兰振元

兰振元伤科诊所是庵前街最后一号。诊所西墙下是一条小河，河上架了三条石板，叫平桥。过平桥是福善寺前的寺前街了。

兰振元的伤科医术与兰振坤相伯仲，所以生意也是两个字：清淡。他很少与人交谈，给人冷傲的感觉。因为早已过了中年，街坊把他的孤僻和冷傲，理解为老光棍的绝腔。其实，兰振元的孤僻与冷傲不完全是性格上的原因，而是他一生不得志，所以郁郁寡欢。他醉心于金石艺术，是一位颇有成就的篆刻家。

兰振元，字戊，号元翁、医门狂客、古梅道人。1934年6月，他在上海佛学书局当学徒，并师从时任商务印书馆美术部主任的著名学者、金石篆刻家黄葆戊学习篆刻。六年后他离开书局，以刻印为业，黄葆戊先生为他订的润例为：石章每字一元，牙章每字三元。其时兰振元才二十四岁，已是沪上有一定名声的青年篆刻家了。也就在那时，他开始与一些文化名人有了交往，如弘一法师、丰子恺、白蕉、郑逸梅等。尤其与弘一和丰子恺，交往更是密切。弘一法师在1942年圆寂前，和兰振元的联系一直没有中断；丰子恺与他是同乡，就更加亲厚。现在兰振元保存下来的藏品中，还有丰子恺为他写的处方笺头、印稿签头、斋室名题签等六种。

1951年4月，由于父亲的去世和时局的变化，兰振元回到梅七镇，像一颗健壮的种子落到贫瘠的土壤里，不得根深叶茂。他只好重拾祖业挂牌行医，篆刻成了业余爱好。此后，他与美术家嵇雪樵时相往还，为嵇刻过一些名章和闲章。直到"文革"结束之后，他才恢复篆刻家的声名。到他晚年的时候，篆艺精湛，已臻完美，遒劲凝练，趋近高古。所以潘天寿称赞他的篆印"师古不泥古，秀丽处显苍劲，流畅处见厚朴，难得篆刻'静、挺、韵'三者兼美，实见功力"。与此同时，他的为人也已非常随俗、温和了。大约就是这段时间，他在吴江找了一个寡妇成了家。据说，那妇人的子女对他也很好，总算享受了几年温馨的家庭生活，直到他七十八岁高龄去世。

兰祥珍

兰祥珍是兰振元的妹妹，小名珍宝。珍宝起先是和她哥哥住在一起的，结婚之后才搬出来住。

珍宝以个体裁缝养活自己，到成老姑娘时才嫁了个称心的丈夫。她丈夫名叫卞剑平，新塍人，高高瘦瘦，很白净，戴一副浅黄边的近视镜，一派文弱书生的样子。卞剑平是梅七镇银行的职员，好像还担任营业柜组长。20世纪50年代，能在银行里做事，那是很体面很荣耀的，所以卞剑平在庵前街上走过，总是胸脯挺起，脑袋抬得很高，鼻梁上的近视眼镜便闪着天光。连带珍宝也孤傲起来，与街坊不大瞅睬了。

不料有一天卞剑平出了事，让公安局给铐走了。后来他被判了四年徒刑，庵前街不见了他的踪影；珍宝也因此更没有声息了。这回可不再是孤傲而是孤独，她一个人靠替人缝制衣服，维持她和两个孩子的生活以及狱中丈夫不时的需索。

那卞剑平好好的怎么就吃了官司呢？有人说他是人心不足蛇吞象，有人说他是无事寻烦恼好肉上长疮。据说一天下午，坐在他对面的同事轧账轧到一半内急了，匆匆去厕所方便，因为走得急，一时疏忽，没有把抽屉推拢，而抽屉里正有一大沓钞票，这一叠钞票仿佛在向人招手，于是卞剑平一时应招，起了贪心。他左右一瞧，见大家都在埋头专心做自己的事，就欠起身迅速掐出一叠放入自己抽屉内。他自以为是神不知鬼不觉，结果可想而知，他成了偷石臼的笨贼。

四年徒刑无论对他本人，还是对他的妻子儿女，都十分难熬，但是谢天谢地，总算熬过去了。有一天，刑满释放的卞剑平回到了梅七镇，人是自由了，工作却丢了。不得已，只好系上毛蓝布垫肩，加入我父亲他们的行列中来当了一名临时工。他是个白面书生，干体力活儿体力不济。但是临时工们不计较他从前的傲慢，同情他，帮他。他是懂得感恩的人，就很诚恳地反省、悔过自己从前的倨傲。临时工们安慰他说，到什么山，斫什么柴吧。

兰祥珍一家是八年前从庵前街26号搬迁至1号的，因为这年五十一岁的哥哥成家了。她又不愿意离开庵前街，正好其时梅匏生一家因匏生女儿嫁了个城里的高官，已乔迁到县城居住，脱离了庵前街上的细民生活。兰祥珍一家的搬迁，仿佛牵着我的笔回到了故事的开头，从而在形式上完成了本书叙述上的一次循环。